낱말의 양말

이다혜 글·그림

컨셉진

/

하나의 낱말, 하나의 이야기, 하나의 양말.
100개의 낱말, 100개의 이야기, 100개의 양말.

스물여덟의 내가 느낀 100일간의 이야기.
소소한 일상부터 크고 작은 깨달음을 기록한 글과
내가 좋아하는 양말을 도화지 삼아 이야기를 담은 그림.

차 례

일상에서 발견한 낱말과 이야기를 담은 양말 일기

낱말의 양말

MBTI 검사를 할 때마다 단 한 번도 앞자리가 E외향가 나왔던 적이 없을 정도로 나는 수줍음이 많다. 하지만 내 속에는 항상 드러내고 싶은 욕구가 꿈틀거린다. 그래서 나는 내가 가장 사랑하는 양말로 이 욕구를 드러낸다. 내가 허락할 수 있는 과감함 안에서.

　사실 난 무척 심심한 사람이었다. 몇 년 전만 해도 취향도, 개성도 강하지 않았다. 그래서 확고한 개성과 취향을 가진 사람들이 부러웠다. 무채색 옷을 좋아해 옷장이 온통 흑과 백으로 가득한 사람, 촌스러운 듯하지만 자기만의 철학으로 과감하게 드러내는 사람, 무언가에 빠져 진심으로 그것을 사랑하는 사람이 되고 싶었다. 나도 그들처럼 드러내고 싶지만, 용기가 부족했다.

　그러던 어느 날 서울의 한 편집숍에서 귀여운 양말을 사게 되었다. 산타 패턴의 카키색 양말이었는데, 이 양말은 내가 처음 샀던 브랜드 양말이다. 이유는 잘 모르지만 그때 이후로 쇼핑할 때마다 양말을 품에 안고 돌아왔다. 점차 가격대와 디자인의 과감함도 높아졌다. 언발란스한 스트라이프 양말, 큰 꽃이 수놓아진 양말, 자카드 체크 양말, 형광 글리터 양말, 앙고라 니트 양말까지. 이제 나의 옷장에서 그리고 나의 패션에서 가장 큰 비중은 양말이 되었다.

　양손으로 양말을 늘여 발가락부터 발목까지 끌어올린 후, 손에서 양말을 놓으면 발목과 양말이 마찰하는 소리를 내며 발 전체

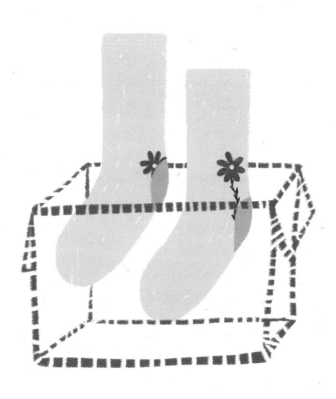

부끄러워 숨어버렸지만 은은히 드러내고 싶은 수줍은 꽃.

에 착 감긴다. 보드라운 양말이 발을 감싸면 어쩐지 양말에 폭 안긴 느낌이 든다. 하지만, 아침마다 양말을 선택하기까지 험난한 여정이 기다리고 있다. 마음에 드는 양말을 찾기란 여간 어려운 일이 아니다. 한 번에 결정되는 날은 거의 없다. 마음에 드는 양말을 찾을 때까지 신어보고 또 신어본다. 수납장 속에 가지런히 포개진 양말들이 마구잡이로 헝클어지고, 서로 기대어 일렬로 세워져 있던 양말에 빈틈이 생겨 도미노처럼 쓰러질 때까지 고민이 이어진다. 단정하고 싶은 날에는 아이보리 골지 양말, 허세를 부리고 싶은 날에는 글리터 나일론 양말, 따스한 날에는 꽃 패턴 양말, 코끝 시린 날에는 파스텔 앙고라 니트 양말을 신곤 한다. 이렇게 하루하루 달라지는 계절과 기분에 따라 고른 양말을 신고 집을 나선다. 양말에 따라 기분이 바뀌고, 특히나 애정하는 양말을 신고 집을 나서면 덩달아 기분 좋은 하루가 시작된다. 그래서 오늘도 난, 수줍지만 사적인 취향을 은은히 드러내 본다.

얼마 전 친구의 브라이덜 샤워를 위해 부산에 내려갔을 때였다. 극성수기인 것을 잊고 있다가 부랴부랴 기차를 예매하려는데 표가 없어 어쩔 수 없이 하루 일찍 내려갔다. 아직 마무리하지 못한 일을 가지고 말이다. 무거운 마음 그리고 마음만큼 무거운 백팩을 짊어지고 부산에 도착했다.

예전과 많이 달라진 부산역의 모습이 낯설었다. 광장으로 내려가 낯선 부산역을 사진으로 담았다. 이때부터다. 도시 사람이라는 허세에 맛 들이기 시작한 것이. 밥을 먹기 위해 맞은편 밀면집에 줄을 섰다. 각 지역에서 모인 캐리어족과 함께 나도 관광객 행렬에 함께했다. 밀면 대기 줄에서 남자친구와 통화를 하며 서울말을 맘껏 내뿜었다. 그 순간만큼 난 토종 서울인이었다. 밀면을 흡입하고 무려 신용카드로 결제를 하고 길을 나섰다. 양쪽 귀에는 흥겨운 노래가 나오는 무선 이어폰을 꽂은 채 서면으로 향하는 버스를 탔다.

힙하면서 작업하기 좋은 카페를 찾아갔다. 카페에는 커플이나 친구끼리 놀러 온 사람들뿐이었다. 예쁘게 차려입고 SNS에 올리기 위한 사진을 남기는 사람들 사이에서 나는 무척이나 수수했다. 하지만 나는 그런 내 모습이 무척 '까리'하게 느껴졌다. 차르르 떨어지는 화이트 시스루 반팔 티에, 발을 살짝 덮는 베이지 리넨 팬츠, 스트랩 슬리퍼로 완성된 스타일. 꾸민 듯 안 꾸민 듯한 그날의 핏이 너무 예뻐 만족스러웠다. 카페를 쭉 훑어보며 콘센트가 있는

동그라미와는 다른 별 하나를 찾아보자.

자리를 찾아보았는데 마땅한 자리가 없었다. 다른 카페로 갈까 고민했지만, 이 더운 여름날 4층까지 올라온 게 힘들어 나가고 싶지 않았다. 다시 한번 주위를 둘러보니 오픈된 주방을 마주 보는 중간 자리에 크고 기다란 책상 자리 하나가 남아 있었다. 카페에 앉은 누구나 이 자리를 볼 수 있어 엄청나게 부담스러운 자리였지만 결국 그곳을 선택했다.

작업을 하기 위해 온갖 짐과 속옷, 세면도구, 비닐로 뒤섞인 백팩에서 노트북과 태블릿을 꺼냈다. 그런데 갑작스레 뒤에 있는 사람들의 시선이 느껴졌다. 태블릿 펜으로 그림을 그리는 게 신기했던 모양이다. 그들은 나를 보고 웹툰 작가가 아니냐며 수군거렸다. 절대 의식하진 않았지만, 등을 더 꼿꼿이 세우고 긴 앞머리를 아무렇게나 쓸어 넘기며 사각사각 그림을 그렸다. 이상하게 이날은 내가 꽤 괜찮은 사람처럼 느껴졌다. 유행을 따르는 젊은이들 사이에서 '난 그런 건 신경 쓰지 않아!'라며 나만의 스타일을 지키며, 자기 일을 해내는 사람 같았다.

사실 과거 부산에 살았을 때의 난 서면 지하상가에서 오천 원짜리 티셔츠를 사 입고, 즉석 떡볶이를 즐겨 먹던 학생이었다. 하지만 이제는 할 수 있는 일도 있고, 그 일로 돈도 벌고, 번 돈을 제법 쓸 줄도 안다. 그래서인지 촌뜨기 소녀가 상경했다가 성공이라도 하고 돌아온 듯, 하루 동안 내가 자랑스러웠던 것 같다.

마지막까지 출장이라도 온 듯 비즈니스호텔에 묵으며 허세에 푹 취해 잠들었던 하루였지만, 하루가 지나자 다시 보통 때의 평범한 나로 돌아왔다. 그 후로 그날만큼 내가 자랑스러웠던 적도 없었다. '다시 그런 기분을 느낄 수 있을까?' 하는 생각이 들 정도로 보통 때와는 다른 별난 하루였지만, 움츠려 있던 내 어깨가 당당하게 펼쳐지는 날이 좀 더 자주 왔으면 좋겠다.

2017년 늦가을, 혼자 대만으로 여행을 떠났던 적이 있다. 나 홀로 여행은 제법 다녀봤지만, 해외는 처음이었다. 그래서인지 '혹시 비행기를 놓치진 않을까? 골목길에서 돈이나 짐을 빼앗기진 않을까? 길을 잃고 미아가 되진 않을까?' 하는 걱정이 몰려왔다. 나는 워낙 손이 많이 가는 편이고, 예전에 여권을 잃어버렸던 전적도 있던 터라 나조차도 내가 걱정되었다. 주변 사람들도 마찬가지였다. "요즘 세상이 어떤 세상인데!"부터 시작해서 "너는 키도 작고 학생처럼 보여서 더 걱정이다"라는 동료와 친구, 가족들의 반대가 이어졌다. 엄마는 처음에는 말리다가 결국엔 포기했는지 조심해서 다녀오라며 내 손을 들어주셨고, 나는 수많은 걱정과 고민 속에서 결국 대만행 티켓을 끊었다. 혼자 여행하려니 감당해야 하는 일이 한둘이 아니었다. 숙박부터 식사, 관광, 교통 등 모든 걸 스스로 해결해야 했고, 그 책임도 온전히 내게 있었다. 믿을 건 와이파이 도시락과 보조 배터리, 구글 맵뿐이었다.

모두의 걱정과 달리 대만은 진심으로 안전했다. 역시 가보지 않으면 모르고, 도전해보지 않으면 모를 일이다. 영어로나 가능할 거라 생각했던 의사소통은 웬걸 한국어로도 충분했다. 식당에서도 한국어로 된 메뉴판은 기본이고 심지어 어떤 직원은 한국어로 주문을 받기도 했다. 처음엔 숙소에 혼자 머무르는 게 겁이 났지만, 나중엔 여행 후 노곤함에 무서워할 겨를도 없이 금방 잠들었다. 여행 중 하루는 대만 외곽으로 떠나는 예스진지 버스 투어를 갔다가

대만 여행 중 제일 기억에 남는 지우펀.
큰 용기가 필요할 때
나 혼자 여행을 떠났던 작은 용기를 담은 이 양말을 꺼내보자.

혼자 여행하러 온 언니 두 명과 친해져 여행 중에 같이 다니기도 했다. 예상치 못한 곳에서 힘든 일을 만나기도 했지만, 긴장 속에서 시작된 여행은 생각보다 평온하게 끝이 났다.

　얼마 전, 나를 알아보는 퍼스널 브랜딩을 하면서 지인들에게 '타인이 생각하는 나의 강점은 무엇인가?'라는 질문을 하는 시간이 있었다. 몇 명의 사람들은 나를 '도전적'이라고 했다. 생각해보면 나는 새로운 일에 직면했을 때, 적극적으로 일을 헤쳐 나가지는 않더라도, 염려하고 고민하면서도 결국은 도전에 가까운 일을 선택했다. 혼자 해외로 여행을 떠난 것도 나름 큰 도전이었다. 살다 보면 이 여행을 위해 내었던 용기는 별 게 아닐 수도 있다. 더 큰 용기가 필요한 일도 많을 것이다. "무조건 좋아! 가는 거야!"라고 할 수 있는 무한 도전형 사람이 되기는 쉽지 않다. 늘 고민하고 걱정할 테지만, 혼자 용감히 여행을 떠났던 것처럼 결국은 도전을 선택할 수 있는 사람이 되면 좋겠다.

⃝004 흘러가는

'플로트'float는 어딘가로 떠가는 혹은 흘러가는 모양을 말한다. 이를 우리가 살아가는 모양에 빗대어보면, 두 가지로 나눠볼 수 있다. 첫째는 누군가로 인해 떠다니는, 둘째는 내가 가고자 하는 곳을 향해 흘러가는 플로트. 지금 나는 첫 번째에서 두 번째 플로트로 향해가는 그 중간쯤이다.

그동안은 내가 하고 싶은 것을 하기 보다 시키는 일을 시키는 대로 했지만, 나는 이에 만족하지 못하고 점점 하고 싶은 것을 찾아가고 있다. 그리고 그것을 위해 조금씩 사서 고생하기 시작했다. 이 생고생은 두 번째 플로트로 가기 위함이었다.

이 모든 생고생이 내게 없는 것 때문에 생긴 것이 아니라 나의 장점, 내가 사랑하는 것들 때문에 생긴다는 걸 아는 순간, 구멍에 불과했던 단순한 욕망은 아름다운 고리의 모양을 지닌 복잡한 동기가 된다. 내가 사랑하는 것이 이 인생을 이끌 때, 이야기는 정교해지고 깊어진다.

통째로 외울 만큼 내 마음에 콕 박힌 이 글은 김연수 작가의 산문, 《소설가의 일》에 나온 문장이다. 큰 파도와 거센 바람을 만나더라도 나는 푯대를 향해 흘러가고 있을 거다. 언젠가 삶을 되돌아볼 때 나의 이야기도 정교하고 깊어져 있기를.

흘러 움직이는 물결.

불투명한

'불투명하다'라는 단어는 앞으로의 움직임이나 미래의 전망 따위가 예측할 수 없게 분명하지 않다는 뜻을 가진다. 유의어로는 '희미하다' '불확실하다' '막연하다' '뿌옇다' '불명료하다' 등이 있다. 온통 희끄무레하고 뿌연 단어들을 생각하면, 예측할 수 없는 캄캄한 미래가 기다리고 있을 것만 같은 기분이다. 그렇다. 미래는 예측하기 힘들다. 불투명하고 알 수 없다. 지금 내 곁에 있는 친구들을 만나고, 디자인을 공부하고, 브랜드를 만들고, 책을 쓰는 일 모두 이전의 내가 상상하지 못했던 것처럼 지금 마주하고 있는 모든 순간은 불과 몇 분 전에도 예상하지 못했으며, 앞으로의 시간도 어떻게 흘러갈지 알 수 없다.

하지만 이렇게 미래를 모른 채 살아갈 수 있어 참 다행이다. 이미 알고 있는 미래를 향해 나아가며, 희망을 품고 꿈을 꿀 순 없을 테니까 모르는 쪽이 더 낫지 않을까? 또한 앞으로의 인생에서 쫄깃함을 맛보며 살아가려면 모르는 게 약일 수도 있다. 우리는 모두 불투명한 미래가 현재를 지나 선명한 과거가 되는 과정을 지나고 있다. 미래가 과거가 되는 과정을 반복해서 겪고 나면 우린 투명한 과거로부터 불투명한 미래에 대한 힌트를 얻을 수도 있을 것이다. 어쩌면 미래가 불투명한 건, 더 나은 미래를 바라며 더 나은 현재를 살 수 있도록 신이 인간에게 주신 선물일지도 모르겠다.

불투명한 미래는 더 나은 현재로 가는 과정이 아닐까?

대학생 때 했던 흥미로운 과제가 생각난다. 감각을 통해 느낀 것을 인물 사진으로 표현하는 과제였다. 한번은 교수님이 들려준 음악을 들은 뒤의 청각을, 한번은 짤막한 독립영화를 보고 난 뒤의 시각을, 또 한번은 주머니 속에 손을 넣어 느껴지는 촉감을 인물 사진으로 담아야 했다. 수업 시간 내에 인물을 찾아야 했고 내가 느낀 감각을 사진에 반영해야 했다. 보정 따위는 허락되지 않았다. 메모리 카드를 리더기에 꽂아 사진을 보여주면 교수님이 선택한다. 하지만 교수님이 선택할 사진이 없다면 리슛(재촬영)이다. 리슛을 당하지 않기 위해 (통과하면 바로 수업이 끝나기 때문에) 모든 감각을 모아 촬영했던 기억이 난다.

그 음악과 영화가 무엇이었는지, 그 주머니에 뭐가 들어 있었는지는 전혀 생각나지 않는다. 그렇지만 그때 느낀 감각이 무엇인지 고민하고, 그 감각을 어떻게 표현할지 골머리 앓았던 기억은 생생하다. 그 시절을 떠올리니, '그때처럼 감각에 대해 깊이 생각한 적이 있었을까?' 하고 스스로 질문을 하게 된다. 이 질문에 답하기 위해 지난날을 되돌아보니 일상에서 느끼는 수없이 많은 감각을 대부분 놓치고 있었다.

글을 쓰고 있는 지금, 이 순간에도 손에 닿는 노트북 키보드의 질감, 스피커를 통해 들리는 보사노바와 옆자리에서 책 넘기는 소리, 유리창 너머로 우산을 쓰고 지나가는 사람들의 다양한 모습,

내가 좋아하는 노래,
서교동의 밤의 〈walking in the moonlight〉을 듣고 떠오르는 것들.

카페에 퍼지는 와플 굽는 냄새, 홀짝홀짝 마시는 아메리카노에서 느껴지는 차갑고 쓴맛 등의 많은 감각을 느낄 수 있다. 하지만 이 감각들 또한 이렇게 적지 않으면 대부분 잊히고 말겠지. 우리는 날마다 감각을 감각하지만, 감각하고 있다는 사실조차 잊는 것 같다. 세상에 만들어진 모든 것은 영감과 사유로 시작되고 이것은 감각을 받아들이는 것에서 시작된다. 하지만 나는 이 영감의 근원을 매일 아무렇지 않게 흘려보냈다.

감각을 천천히 깊게 느껴보자. 더 나은 것을 깨달을 수 있도록 연습해보자. 내가 느끼는 모든 감각이 영감이 될 수 있게, 영감이 낳은 결과물을 다른 사람이 또 새롭게 감각할 수 있도록 감각에 집중해보자.

비가 내린다. 파마한 지 며칠 안 된 머리가 더 부스스하고 곱슬곱
슬하다. 줄곧 내리는 비로 부스스한 날들이 지속되어 이제는 비가
그쳤으면 좋겠다가도 이렇게 비 내리는 모습을 보고만 있으면 또
예뻐서 넋을 놓고 바라보게 된다. 작은 우산에 의지해 빗길을 걸을
땐 볼 수 없지만, 실내에서 보는 비 내리는 풍경은 정말 좋다.

　오전 내내 비 내리는 풍경을 실컷 감상하고, 글을 쓰기 위해 집
을 나섰다. 백팩을 메고 우산을 쓰고 물웅덩이를 피하고자, 땅바닥
과 스마트폰 지도만 반복해서 보다가 카페에 도착했다. 오렌지 스
콘과 아이스 아메리카노를 주문해 2층으로 올라와 보니 노트북을
켜놓은 채로 엎드려 자는 사람, 책과 필통을 꺼내어놓고 무엇인가
열심히 적고 있는 사람, 열심히 토론하는 세 사람이 있었다. 1층에
서 굽는 빵 냄새가 은은히 퍼지고, 양쪽 벽 끝에 달린 스피커에서
조그맣게 최신 팝 음악이 흘러나온다. 그리고 가끔 사람들이 머그
잔을 들었다 놓았다 할 때마다 머그잔과 테이블이 맞닿는 소리가
난다. 내 등 뒤로는 창문이 열려 있어 창밖 소리도 들렸다. 일정한
리듬을 가지고 지붕과 충돌하는 빗소리, 차가 지나갈 때마다 바퀴
가 물웅덩이를 가르는 소리, 지붕에 달려 있는 물방울이 고여 있던
웅덩이에 떨어져 파편을 만들어내는 소리. 들려오는 소리에 창밖
을 바라보니 창문에는 작고 크고 동그랗고 길쭉한 여러 가지 모양
을 가진 물방울이 몽글몽글 맺혀 있고 비가 창문에 부딪힐 때마다
모양이 바뀐다. 공중에서 휘날리는 힘없는 빗줄기는 노이즈처럼

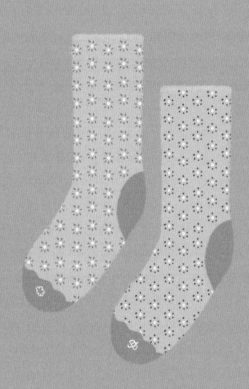

양말에 담은 물웅덩이의 조각.
물웅덩이에 빗방울이 떨어져
물이 여러 곳으로 튕기고 물결이 일렁이는 모습.

지지직 사선으로 일렁거린다. 길가에는 가끔 지나가는 형형색색의 우산 지붕만 보이고 맞은편 건물의 '도'가 사라진 '태권장'에는 불이 꺼져 있다.

비가 부슬부슬 내리는 날에만 느낄 수 있는 촉촉한 감성 한 방울로 유리창 너머 풍경을 바라보자. 모든 공간이 제법 촉촉하게 느껴질 수 있다. 적당히 습하고, 약간은 쌀쌀하기도 한 가을비로 내 마음도 적셔졌다. 빗소리와 함께 늘어지는 노래를 들으며 씁쓸한 커피가 몸속으로 파고드는 어느 몽글몽글한 날의 기록.

오랜만에 친구 집에 모여 수다를 떨었던 날, 친구들 모두 머릿속에 고등학생 시절의 풋풋했던 장면을 하나씩 떠올렸다. 하나하나 추억을 떠올리다 친구들이 '곱상이' 이야기를 꺼냈고, 자연스레 '토끼'와 '영어 선생님'의 이야기도 시작되었다.

　체육복에 '소인'이라고 써놓았던, 키가 작고 부끄럼 많던 한 소녀는 몰래 한 남학생, 곱상이를 훔쳐봤다. 소인은 곱상이를 처음 본 순간 반해버렸다. 곱상이는 찰랑거리는 깻잎 머리를 한, 곱게 생긴 남학생이었다. 그 이후 소인은 체육대회 때 토끼 머리띠를 한 채 춤을 추며 응원하고 있는 한 학년 후배 토끼에게 반했다. 소인이 마지막으로 반했던 건 대체 교사로 오신 영어 선생님이었는데, 처음이라 서툴렀는지 카세트를 재생하지 못하고 있는 어리바리한 모습에 반해버렸다. 신기하게도 세 명 모두 소인, 즉 나의 존재를 몰랐고 나는 내 마음을 끝까지 그들에게 고백하지 않았다. 그저 몰래 훔쳐보며 혼자 콩당거리는 마음을 키워나갔다. 친구들이 동방신기의 노래 〈주문〉의 가사를 외우는 등 소위 말하는 덕질을 하고 다닐 때 나는 곱상이와 토끼 그리고 영어 선생님을 나의 아이돌로 삼았다. 토끼는 항상 밝고 친구들과도 잘 어울리는 아이였다. 그에 비해 부끄럼도 많고, 말도 잘하지 못하는 나를 좋아할 리 없다며 고백은커녕 말도 걸어보지 못했다. 나의 존재조차 모르는 곱상이에게 고백했다가 황당한 눈빛으로 누군지 되려 물어보는 그의 모습을 상상하니 차마 입이 떨어지지 않았다. 또 영어 선생님에게는

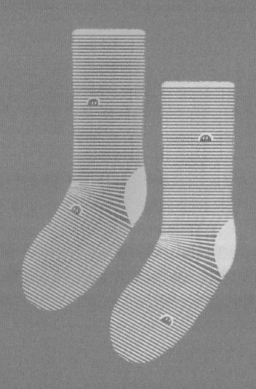

깻잎 머리 남학생 곱상이를 훔쳐보고 있는 소인.
학창시절의 풋풋한 모습.

빼빼로를 드릴 거라며 직접 빼빼로까지 만들었지만, 전할 용기가 없어 한참을 머뭇거리다 결국 친구가 대신 전해주기도 했다. 끝내 혼자만의 풋풋한 설렘만 간직한 채로 학교생활이 끝이 났다.

누군가 다시 그 시절로 돌아가서 풋풋한 그 설렘을 다시 느끼고 싶지 않냐고 물어볼 수도 있겠다. 하지만 나는 돌아가고 싶지 않다. 그 시절이 아름답게 빛나는 건 맞다. 하지만 분명 당시에도 걱정과 고민이 있었고, 어쩌면 지금보다도 더 많은 걱정과 고민에 빠져 살았을 수도 있다. 되돌아보면 크게 힘들었던 순간을 제외한 나머지 기억은 대체로 좋은 추억으로 포장되어 있다. 그 시간을 눈앞에서 지나칠 때는 그렇지 않더라도, 한 발짝 떨어져 지난날을 돌아보면 아름다운 순간으로 바뀌어 있다. 예쁘게 포장된 그 시간을 다시 마주하여 흩트리고 싶지는 않다.

그저 시간이 지나고 이 순간을 돌이켜봤을 때 지금이 더 아름답게 포장되어 있을 수 있도록, 쉽사리 지나치고 있는 이 청춘을 더 풋풋하게 만드는 편이 좋겠다.

나는 명확한 단어나 문장으로 정의하기 어려운, 무척 애매모호한 사람이지만 굳이 표현하자면 나는 수수하고 옅은 사람이라고 할 수 있다. 내 옷장에는 주로 베이지, 화이트, 블랙 계열의 펑퍼짐한 옷들이 대부분이다. 또 화장도 거의 하지 않아 색조 화장품도 매우 적다. 옷도 수수하고, 화장도 수수하다. '진함' '강력함' '쨍함'과 같은 단어는 나랑 절대 가까워질 수 없을 것처럼 보였다.

이런 평범한 나도 가족이나 단짝 친구, 남자친구 앞에서는 전혀 다른 사람이 된다. 많은 사람에게 보여줄 수는 없지만, 나의 온전한 모습을 드러낼 수 있는 소수의 사람이 있다. 그들 앞에서 나는 이상한 노래와 춤을 추고 독특한 성대모사와 엽기적인 표정을 짓는다. 남자친구는 이런 나를 개그맨이라 부른다. 하지만 나는 대부분의 사람 앞에서는 어색한 웃음, 형식적인 리액션으로 부자연스럽게 뚝딱거린다. SNS에서도 그랬다. 정형화되어 예쁘게 나온 사진만 올린다. 나는 원래 과감하게 크롭 된 '부분' 사진을 좋아하는데, 그런 사진들은 내 사진첩에서만 볼 수 있다.

모두에게 똑같이 평범하다면 평범한 사람이라 정의할 수 있겠지만 그건 아닌 것 같고, 그렇다고 개성 있는 사람이라고 정의하기도 애매하다. 이런 나를 나름대로 정의해보자면, 나는 무채색과 채색이 자주 전환되는 사람인 것 같다. 사실 나는 이미 알록달록 색칠되어 있지만, 나의 색을 꼭꼭 숨기고 채도를 낮춘 채 살아가

'알레산드로 멘디니'의 여러 색깔과 패턴이 어우러진 소파에서
영감을 받아 생생한 색과 패턴을 입혔다.
알록달록 동글동글 세모세모 양말.

고 있는 것 같다. 하지만 이제 그 경계를 허물고 싶다. 며칠 전부터 SNS에 내가 좋아하는 '부분' 사진을 올리고 있는 것도, 히피펌에 도전한 것도 경계를 허물기 위한 첫 단추를 끼운 것이라 할 수 있다. 히피펌을 하고 나니 사람들이 나를 '짜장면' '라면' '모차르트' '메리다' '푸들' 등 다양한 이름으로 불러주었고, 나도 이제 나만의 색깔을 가진 사람이 된 것 같아 행복했다. 이제 난 본색本色을 드러낼 준비가 되었다. 내 본색이 완전히 드러날 때까지 내 도전은 계속된다!

.

디테일한 사람은 어떤 사람일까? 어떤 일을 하든 꼼꼼할 것 같다. 자기소개서 작성 시 장점으로 적기 좋은 특징을 가진 것처럼 보인다. 그렇다면 너무 작은 디테일에도 집착하는 사람은 어떨까? 좀 피곤할 것 같고 답답해 보일 수도 있다. 사실 내가 바로 그 작은 디테일에 집착하는 사람이다.

특히 사진을 보정할 때 '쓸데없는 디테일'이 발동된다. 밝기나 색감을 조절할 때면 모니터를 눈 빠지게 노려본다. 그러고는 미세하게 숫자 1~2 정도를 왔다 갔다 하며 수정하고 또 아닌 것 같으면 Ctrl+z되돌리기를 반복한다. 또 한번은 웹 페이지에 들어가는 배너를 만드는데, 타이틀을 오른쪽에 놓았다가 왼쪽에 놓았다가 중간에 놓기를 반복하며 조금씩 움직였다. 캐릭터 만드는 일을 했을 때도 별반 다르지 않았다. 이런 꼼꼼한 작업이 별문제 없는 것처럼 보일 수 있지만, 문제는 사람들이 숨은그림찾기를 하는 것처럼 달라진 점을 찾아야 한다는 거다. 대부분의 사람은 이러한 수정 전후 디자인의 차이를 느끼지 못한다. 그 말은 즉, 내 작업방식이 전체를 그린 후 디테일을 보는 게 아니라 디테일에만 신경 쓰고 있었다는 것이다. 꼼꼼한 건 분명 좋은 거지만, 디테일을 보느라 허비한 시간과 노력이 온전히 결과물에 담기지 않는다는 것이 문제다.

이 문제가 단순히 사진이나 디자인에만 적용되는 건 아니다. 이는 내 삶에서도 고스란히 드러난다. 나는 눈앞에 닥친 작은 일에만

멀리서 보면 전혀 문제가 되지 않는다.
너무 가까이에서 보지 말 것.

몰두하느라 멀리 내다보지 못했다. 어쩔 땐 주어진 일들을 처리하느라 내가 정작 뭘 하고 싶었는지, 내가 그려야 하는 큰 그림은 무엇이었는지를 잊어버리곤 했다. 눈앞에 뭉쳐 있는 실타래를 풀어내기에만 급급해 실타래가 어떻게 뒤엉켜 있는지 보지 못한 것이다. 이제 실타래를 눈에서 멀리 떨어뜨려야 할 때다.

마음에 드는 오브제를 마주하거나 신기한 물건을 보게 될 때 누구나 호기심을 갖게 될 것이다. '누가 어떻게 만들었을까? 이런 생각은 어떻게 한 걸까? 언제부터 있었던 걸까?' 새로운 것을 접할 때뿐만 아니라 기존에 알고 있던 것도 문득 궁금해지는 경우가 있다. 우리는 이 궁금증을 어떻게 해소할까? 어렸을 때는 "이건 뭐예요? 저건 뭐예요?" 하며 어른들에게 이것저것 물어봤을 것이다. 새로 접하는 모든 것에 대한 궁금증을 질문으로 해결했던 것 같다. 어른이 된 지금은 다른 사람의 도움 없이도 어떤 정보든 비교적 쉽게 찾을 수 있다. 인터넷으로 정보를 검색하는 등 호기심을 해결할 수 있는 쉬운 방법이 있음에도 나는 궁금한 것을 해결하려 노력하지 않았다. 모르는 걸 알게 되었을 땐 빛이 번쩍하는 총명함이 솟아오르는 듯하며, 막혔던 게 뚫리는 듯한 회열에 왠지 모를 뿌듯함도 느껴진다. 하지만 나는 미루고 또 미뤘다. 물론 내가 모든 정보를 습득할 수도 없을뿐더러 다 알아야 할 필요도 없다. 다만 내가 잘하는 것을 더 잘할 수 있도록, 좋아하는 것을 더 좋아할 수 있도록 조금만 더 호기심을 가져보면 총명함과 뿌듯함이 더욱더 솟구치지 않을까?

지금 이 글을 쓰기 위해 "낱말의 양말" 프로젝트를 시작할 때도 궁금한 점이 생겼다. 양말 덕후로 불리는 데다가 양말을 도화지 삼아 그림까지 그리고 있는데, 양말에 대해 아는 것이 없는 것 같아 양말에 대해 찾아보았다.

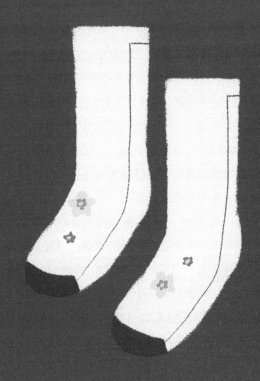

오늘은 양말(洋襪)이 아니라 한말(韓襪).

그러다 보니 자연스레 우리나라 전통 양말까지 찾아보게 되었는데, 그것은 바로 한복의 단짝 '버선'이다. 톡톡한 천에 버선코가 살짝 올라가 있으며, 발목을 넓게 두르고 있는 버선. 우리나라 사람들은 언제부터 버선이 아닌 현재 일반적으로 신는 양말을 신게 되었을까? 우리가 익히 알고 있는 형태의 양말은 개화기 이후 서양에서 들어왔다고 한다. 원래 한국의 버선을 한자로 '말'襪이라 불렀는데, 서양에서 온 양말이라는 뜻에서 서양 '양'洋을 붙여 '양말'洋襪이 된 것이라고 한다. 내가 좋아하는 양말이 한자인 줄도 모르고 있었다니. 양말의 어원만 알게 되었을 뿐인데, '양말을 좋아할 뿐만 아니라 양말을 잘 아는 사람이 된 것 같아 제법 똑똑해진 기분이다. 이렇게 내가 좋아하는 걸 하나씩 알아간다면 좋아하는 걸 더 좋아할 수 있고, 좋아하는 걸 더 잘할 수 있게 되지 않을까?

요즘 우리의 일상은 '자유'라는 단어와는 거리가 먼 것 같다. 그만큼 자유에 대한 갈망도 커졌고, 예전에 누리던 자유를 그리워하는 사람들이 많아졌다. SNS에도 마스크를 벗고, 생생한 표정으로 웃고 있는 사진이 많이 올라오고 있다. 나 또한 스마트폰 앨범을 뒤적거리며 옛날 사진을 찾아보곤 한다. 사람들이 꽉 찬 영화관에서 팝콘과 콜라를 먹으며 영화를 봤던 것도, 벚꽃 잎이 내리는 한강에 피크닉을 갔던 것도, 수많은 사람과 함께한 마라톤 대회에 나갔을 때도 모든 것이 아무렇지 않았다. 이 모든 건 마음만 먹으면 할 수 있었던 일이었다.

예전과 달리 편하게 숨 쉴 수 없고, 먹을 수 없고, 대화할 수 없는 상황에 맞닿은 지금, 자유로웠던 지난날을 점점 그리워하다 문득 내가 누렸던 것이 당연한 게 아님을 깨달았다. 그런데 그것뿐만이 아니다. 감각하고 생각하고 상상하고 배우고 결정하는 것. 더 나아가 내 삶을 스스로 선택하고 결정할 수 있었던 자유에까지 생각이 이르게 되었다. 그리고 이 자유는 스스로 생각하고 행동할 수 있도록 지도해주신 부모님의 노력과 시간 덕분이었다는 것을 깨닫게 되었다. 지금은 내가 번 돈으로 먹고, 입고, 하고 싶은 일을 하며 자유에 대한 책임을 지고 있지만, 미성년 시절의 자유는, 부모님의 인내와 희생이 아니었다면 가능하지 않았을 것이다.

나의 행복을 바라며, 나의 선택을 지지해주시는 그 사랑에 조금

끊임없이 뻗어나가는 사랑.
꽃피우는 우리.

이라도 보답해보자. 아빠에게 따뜻한 말 한마디를 전하고, 엄마가 좋아하시는 블루베리 타르트를 사드리기도 하고, 여러 번 들었던 얘기여도 처음 듣는 얘기처럼 웃으며 들어드리자.

남자친구와 자주 하는 놀이가 있다. 크고 작은 프로젝트를 함께 실행해 나가는 것으로, 이는 어떤 일을 하든 서로가 서로에게 자극제가 되고, 함께하는 일상을 더 재미있게 보내기 위한 우리만의 방법이다. 첫 프로젝트는 워터밤에 예쁘게 꾸미고 가기 위한 "다이어트"였고, 두 번째 프로젝트는 "세상과 소통하기"라는 타이틀로 블로그를 시작하는 것이었다. 첫 번째 프로젝트는 몸을 꽁꽁 가리고 워터밤을 가게 되는 비참한 최후를 맞이하게 되었고, 두 번째 프로젝트는 나름 성공해서 지금까지도 블로그를 하고 있다. 그리고 얼마 전부터 "basic of specialist"전문가가 되기 위한 기본기 다지기라는 이름만 거창한 세 번째 프로젝트를 진행하고 있다. 이에 따라 브랜딩, 마케팅, 퍼스널 브랜딩 등의 강의들을 듣기 시작했다.

나는 사실 일기, 다이어리, 계획, 자기 계발과는 거리가 먼 사람이었다. 반면 남자친구는 나와 정반대의 성향을 지닌 사람이다. 내가 플랜맨이라고 부를 정도로 그의 다이어리는 계획으로 꽉 차 있고, 계획을 착실하게 잘 세울 뿐만 아니라 데이트 코스도 잘 짠다. 또 관심 있는 주제가 있으면, 관련된 자료를 찾아보거나 강의를 찾아 듣는 실행력도 있다. 같이 있으면 닮는다는 말처럼 남자친구의 영향으로 나도 다이어리를 쓰고, 계획을 세우고, 강의도 듣고, 독서 모임까지 참여해보았다. 힘들긴 하지만 힘든 것 이상으로 마음 한구석에 뿌듯함이 스멀스멀 피어오른다.

우리의 연애는 놀이처럼.

남자친구와 함께하는 프로젝트도 그렇다. 계획적이지 않은 내가 뭔가를 계획하고 실행하는 것은 여전히 어렵지만, 성공하든 실패하든 함께할 수 있어 더 재미있고, 뿌듯하다. 가끔 연인과 퀘스트를 만들어 완료해보자. 이보다 더 좋은 놀이가 있을까!

좋아하는 카페 중에 창밖으로 맞은편 공원이 보이는, 뭔가 미국스러운 곳이 있다. LP로 듣는 듯한 노이즈 섞인 예스러운 재즈가 흘러나오고 열린 문 사이로 테라스와 바깥 풍경을 볼 수 있었다. 음악이며 인테리어며 브런치며 바깥 풍경이며 모든 게 다른 카페와는 달랐다. 그 때문에 나는 이 카페의 단골이 되었지만, 이 글은 이곳이 아직 낯설었던 어느 날의 이야기이다.

카페에는 훈훈한 남자 직원과 손님들이 있었는데, 그중에는 금발 머리의 외국인 손님도 있었다. 나와 남자친구는 프렌치토스트와 필터 커피를 주문했고, 다이어리에 일정을 정리하고 있었다. 그때 카페에 있던 한 언니가 (언니가 아닐 수도 있지만) 외국인 손님에게 다가갔다. 그리곤 밝은 미소로 먼저 인사를 하고 대화를 나눴다. 영어 울렁증이나 영어 공포증이 있는 것은 아니지만, 대인관계 쫄보인 나에게는 절대 일어날 수 없는 일이었다. 가만히 듣고 있으니, 그 언니의 영어 실력이 유창한 것도 아니었다. 한국에 온 지 얼마나 되었는지, 어디서 왔는지 물어보는 정도의 질문이었지만 나는 그 언니의 당당함이 너무 멋있었다. 그 여유로운 표정과 아우라도 남달랐다. 그날 처음 보았지만, 그 언니는 미소에 진심이었고 정말 밝게 웃으며, 그 밝은 미소로 주변을 환하게 만드는 사람이었다. 사람 사이의 벽을 허무는 당찬 사람. 그게 외국인이든 아니든 말이다. 나 또한 그런 밝고 당당한 사람이 되고 싶다.

미국스러운 카페에서 만난 밝고 당당한 언니의 미소.

나를 포함한 우리 가족은 미니멀보다는 맥시멈에 가까운 라이프스타일을 가졌다. 어렸을 때부터 자주 이사를 했고 그때마다 짐을 반쯤 덜어낸 것 같은데, 다시 이사할 때쯤 되면 어느새 짐이 불어나 있었다. 낡은 턴테이블, 영사기, 악기와 CD, 엘피판과 책 그리고 옷더미가 우리 집을 꽉 채우고 있었다. 아빠는 수집하는 걸 좋아하셨고 수집한 물건들을 버리지 못하셨다. 언니는 옷 사는 걸 좋아했고 나는 카탈로그, 엽서, 명함 등 쓸데없지만 예쁜 소품들을 모았다. 이렇게 우린 짐에 파묻혀 살 수밖에 없었다. 수납장에 미처 들어가지 못한 짐들은 집 곳곳을 차지했고, 결국 우리 집은 처치 곤란한 어떤 것들의 소굴이 되었다. 그뿐만 아니라 누군가에게 물려받거나 오래전부터 사용한 낡은 가구까지 더해져, 낡은 가구와 버리지 못한 짐 속에 파묻히는 지긋지긋한 상황이 주기적으로 반복되었다.

지난 2020년 1월, 다시 이사하게 된 우리는 모든 걸 새로 시작하고 싶었다. 지금까지 버리지 못했던 낡은 것들을 하나둘 내다 버리기 시작했다. 내가 수집하던 것도 정말 필요한 것을 제외하고는 모두 버렸고, 평소 입지도 않으면서 언젠가 입을 거라며 남겨두었던 옷도 모두 내놓았다. 내 방 가구는 행거를 제외하곤 아무것도 가져오지 않았다. 수납 침대와 책상 그리고 침구까지 모두 새로 샀다. 내 방 가구뿐만 아니라 부모님과 언니의 침대, 옷장 그리고 거실과 부엌에 놓을 소파, TV 수납장, 냉장고, 인덕션까지. 거의 모

더 그리려는 욕심을 버리자.

든 것을 새것으로 바꿨다. 몽땅 버리고 나니 마음이 한결 가벼워졌다. 비우고 정리하고 나니 집이 단순해졌다.

버리지 못하는 욕심으로 우리 집이 짐으로 가득 찼던 것처럼, 내 마음도 욕심으로 가득 차 있었다. 잘하려고 하는 것, 안된다고 조급해하는 것, 머리를 애써 굴려보는 것들은 사실상 별로 도움이 되지 않는 욕심이다. 덜어내자. 간단해지자. 단순한 상태에서야 명료한 목적을 다시금 채워 넣을 수 있다는 것을 잊지 말자.

날것의

RAW file. 가공을 거치지 않은 원본 파일. 내게도 다듬어지지 않은 원본 파일과도 같은 시절이 있었다.

대학 시절, 전공 기초 수업 때 어떤 방법으로든 나를 표현해야 하는 과제가 있었다. 나는 흙, 풀, 모래, 바다 등 자연을 좋아하는 나를 표현하고 싶었다. 내가 맨발로 걷고 있고, 그 배경이 흙에서 풀, 풀에서 모래, 모래에서 바다로 바뀌는 영상을 만들고 싶었다. 과제를 위해 해운대 바닷가에 가서 삼각대 다리에 모래가 묻지 않게 비닐 양말을 씌워 세운 뒤, 열심히 촬영을 하고 돌아왔다. 집으로 돌아와 영상 편집을 시작하는데, 맙소사! 사진 소스도 부족하고 앵글도 제각각이라 이건 그냥 사진을 PPT 슬라이드에 한 장씩 넣는 수준이었다. 사진 보정 방법도 잘 몰랐던 시절이라 생기를 빼앗긴 사람의 발처럼 시퍼렇게 보였다. 결국 영상은 포기하고 과제 게시판에 사진을 아래로 쭉 나열한 채로 업로드했다. 과제를 제출하며 교수님이 '이게 뭐야?'라고 생각하겠거니 싶었다. 역시나 반응은 좋지 않았다. 아무도 내 의도를 알아채지 못했다. 내가 적어도 사진을 생기 있는 사람의 발처럼 보정했더라면, 아니 애초에 촬영할 때 소스가 부족한 걸 깨닫고 더 많은 사진을 찍었더라면, 사진 합성이라도 잘했더라면 달라졌을까? 후회해보아도 소용이 없었다. 지금은 이 모든 방법을 알고 있지만 당시엔 정말 아무것도 몰랐으니까.

다듬어지지 않았던 그때의 나를 다시 다듬어 표현한
바다, 모래, 바다, 흙, 풀, 하늘 그리고 자연.

6년 정도 사진을 배운 나는 이제 테크닉적으로 활용할 수 있는 게 많아졌다. 하지만 가끔은 수평 수직 딱 맞추고 정상 노출에 황금 비율까지 지켜서 찍은 사진보다 좀 엉성하고 날것의 사진이 그립기도 하다. 지금은 무겁다고 내팽개쳐버린 DSLR. 카메라만으로도 무거운데, 예전엔 카메라뿐만 아니라 렌즈 두 개, 삼각대까지 어떻게 들고 다녔는지 모르겠다. 아무것도 몰랐지만, 많은 순간을 열정적으로 카메라에 담았던 지난날. 결과물로 온전히 담기지 않았어도 그때 그 시간과 기억은 선명하다. 다듬어지지 않았던 생초짜의 귀여움이라고나 할까? 그때의 생초짜에게 짬밥을 먹은 선배로서 말해주고 싶다. 그때의 네가 있어서 지금의 내가 있는 거라고. 그러니 좀 못해도 귀엽게 봐줘도 된다고.

익숙한 동네, 광안리 바닷가. 10살 때부터 대학을 졸업하기까지 쭉 부산 광안리 앞에 살았던 나에게 바다는 레저나 해수욕을 즐기는 관광지가 아닌 그저 집 앞이었다. 내게 너무 익숙하고 편안한 광안리. 조깅을 하고, 친구들과 자전거를 타고, 조별 과제나 시험이 끝난 뒤 가볍게 피크닉을 가고, 심심하면 버스킹을 보러 가는 그런 곳이었다. 그리고 사진을 찍어오는 과제가 많았기에, 학교와 거리가 멀지 않은 이곳에서 사진 과제 대부분을 찍었다. 과제를 하느라 바다가 보이는 24시간 영업하는 카페에서 밤을 새운 적도 있다. 많은 추억의 배경이 되어준 광안리 바닷가. 그 덕에 내 추억의 많은 부분에는 푸른 바다색이 칠해져 있다. 하지만 이렇게 바다에 익숙한 나도, 광안리나 부산이 아닌 다른 바다에 갈 때면 매 순간 다른 느낌을 받는다.

2018년 봄, 초보 운전 스티커를 붙인 차를 끌고 혼자 강원도로 놀러 간 적이 있다. 유명한 식당에서 물회를 먹는데 창문 너머로 한적한 바다가 보였다. 보통 유명한 바다엔 사람들로 북적이는데 그 바다는 가끔 지나가는 사람 말고는 아무도 없었다. 물회를 다 먹고 그 이름 모를 바닷가로 향했다. 돗자리와 블루투스 스피커, 필름 카메라 그리고 초콜릿을 손에 들고서. 돗자리를 펼친 뒤, 그 위에 가방을 베고, 수평선이 수직으로 보이게 옆으로 누워 바라보았다. 일정한 리듬으로 커졌다가 작아졌다 하는 파도 소리와 블루투스 스피커에서 들려오는 멜로디가 어우러졌다. 아직 찬 바람에

감정의 물결을 담은 바다.

살짝 으스스했지만, 햇살은 따뜻했고 초콜릿은 달콤했다. 필름 카메라로 그 흔적을 남겨보려고 이리저리 프레임을 옮겨 촬영했다. 오랜만에 느껴보는 고요한 바다였다. 그 고요함이 가끔 외롭게 느껴지기도 했지만, 그 감정마저 온전히 받아들였다. 부산 바다에서는 느낄 수 없는 감정이었다.

　부산과 강원도, 서로 다른 지역의 바다라 느낌도 달랐던 것 같다. 아니, 같은 바다여도 다른 느낌이었을 것 같다. 그때 그 순간 나의 상황에 따라 달리 느껴지는 감정을 드넓은 바다에 흘려보냈기 때문이겠지. 바다에서 만나는 매 순간의 감정과 기억이 더 오래 드나들 수 있도록, 바다를 더 소중히 느껴봐야겠다.

"이 음식이 그래요. 뭐지 이거? 하다가 다음날 갑자기 생각이 나. 그때부터는 빠져나올 수 없는 거거든. 아마 오늘 밤에 자다가 생각이 날 수도 있어요." 내 인생 드라마 〈멜로가 체질〉에서 평양냉면을 처음 먹는 진주에게 범수가 한 말이다. 나는 올해 처음 평양 음식을 먹어봤다. 제일 처음 먹었던 음식은 회사 사람들과 함께 먹은 이북식 막국수였다. 주문할 때만 해도 그동안 내가 먹어온 오이, 김, 깨와 함께 살얼음 동동 띄워진 새콤한 빨간 국물의 강원도 막국수를 생각했다. 그런데 이게 웬걸 흰 국물의 막국수가 등장한 것이다. 그래도 흔히 알고 있는 물냉면과 비슷한 모습이었으니 여기까진 괜찮았다. 면을 한 젓가락 집고 입에 넣었는데, 이상하다. 맛이 느껴지지 않았다. 육수가 아닌 물을 부은 건지, 아예 육수에 간을 안 하고 내놓은 건지 별의별 생각이 들 정도로 충격이었다. 같이 온 두 명은 원래 이런 맛이라며, 오히려 이 집이 다른 집보다 간이 센 편이라고 했다. 하지만 이건 맛이 없는 게 아니라 아무 맛도 나지 않았다.

그렇게 평양 음식에 대한 일차적 충격이 가시기도 전에, 남자친구가 평양냉면 맛집이 있다고 가보고 싶다고 했다. 걱정되었지만, 다른 메뉴도 많다길래 가보기로 했다. 남자친구는 물냉면, 나는 해물칼국수를 시켰다. 한 입 먹었는데, 역시 이상했다. 이번에도 내가 생각한 맛이 아니었다. 해물칼국수마저 밍밍했다. 간이 되어 있는 반찬으로 젓가락이 쉴 새 없이 움직였다. 며칠이 지난 뒤, 그 평

묘하게 생각나는 옅은 맛.

양냉면집 근처에 갈 일이 있었는데, 남자친구가 또 평양냉면이 먹고 싶다고 했다. 그 근처엔 왜 다른 괜찮은 식당이 없는지, 결국 또 그 식당에 갔다. 이번에 주문한 건 손만둣국이었다. 나는 이곳이 '평양' 음식 전문점이라는 사실을 기억했어야 했다. 이번에도 아무 맛도 느끼지 못한 나는 결국 국물에 간장을 두르고 김치로 간을 해서 배를 채우고 말았다.

올해 세 번이나 접한 평양 음식에 대한 기억은 다른 의미로 자극적이었다. 배고픈 시간에 글을 써서 그런 건지 절대 먹고 싶은 건 아닌데, 글을 쓰고 있는 내내 평양 음식들이 머릿속을 가득 채웠다. 그냥 이상하게 생각이 난다. 범수 말이 맞았다.

내 두 볼은 자주 발그레해진다. 햇빛 아래서 땀을 흘리거나 찬바람을 쌩쌩 맞아 발그레해진 두 볼을 보면 산골짜기의 순박한 시골 소녀가 따로 없다. 날씨에만 영향을 받으면 좋으련만 그때뿐만이 아니다. 많은 사람 앞에서 말을 해야 할 때나 발표나 미팅이 있을 때마다 긴장함과 동시에 두 볼이 불타올랐다. 사람들의 시선이 나에게 향하는 순간, 온몸에 돌고 있던 피가 모두 얼굴을 향해 돌진하는 것 같다. 긴장한 티를 내고 싶지 않지만, 모두가 다 알아차릴 수 있게 물들어버리는 두 볼.

이렇게 나는 다른 사람들 앞에 서면 볼이 새빨개질 만큼 쑥스러움이 많고, 말을 잘하지 못하는 사람이다. 내가 말을 해야 하는 일이 생기면, 문을 열고 도망가고 싶다는 생각부터 한다. 누군가 질문할 상대를 찾아 두리번거리면 시선을 피하며 '나한테 말 걸지 마!'라는 무언의 팻말을 세워두고 있었다. 그러다 가끔 나에게 다가와 질문하는 사람들에게는, 의도하지 않았지만 단호하게 말을 잘라버리거나 어물쩍 넘어가기 일쑤였다. 그뿐만 아니라 항상 내가 말하고 난 뒤에는 왠지 모르게 공기가 어색해지곤 했다. 나의 말끝에 찾아온 고요함이 두려웠고, 반응이 없는 사람들이 무서웠다. 말을 잘하는 사람이 되고 싶었다.

"오빠, 나는 말을 너무 못해. 그래서 사람 많은 곳에 가는 게 너무 힘들어. 나도 말 잘하고 분위기도 띄우고 재밌는 사람이 되고

나의 발그레한 동그라미들을 사랑해주자.

싶어. 나만 못해. 나만!" 모임에 가기 싫다고 몇 번 투정을 부린 적은 있었지만, 이렇게 울면서 털어놓은 날은 처음이었다. 내 말을 들은 남자친구는 이렇게 대답했다. "나도 처음엔 그랬어. 신경 안써도 돼. 가만히 있어도 돼. 말 좀 못하면 어때. 잘하려고 안 해도돼. 근데 네가 스트레스를 받고 정말로 잘하고 싶어진다면 연습하면 돼. 말하기 전에 먼저 네 생각을 정리하는 연습을 해 봐. 연습하다 보면 분명 좋아질 거야." 그 말에 나는 당연한 말을 한다고 생각했지만 그래도 못해도 된다고, 잘하려고 애쓰지 않아도 된다는 말을 들으니 조금 편해졌다. 어쩌면 나는 나대로 잘 살고 있었는데, 스스로 남들과 비교하여 자꾸 잘해야 한다는 욕심을 부린 건 아니었을까?

말을 잘해야겠다는 욕심을 천천히 덜어냈다. 얼굴이 빨개지면 빨개진 얼굴을 의식해서 더 폭삭 익곤 했는데, 이것도 그냥 내버려두기로 했다. 홍당무가 되든 토마토가 되든 말이다. 욕심을 덜어내니 조금씩 변화가 일고 있다. 이젠 조금 덜 발그레해지거나 금세원래대로 돌아오는 걸 보면 말이다.

한 모임에서 올해 이루고 싶은 것을 나누는 시간이 있었다. 내 대답은 "지금 일하기가 너무 싫은 상태다. (하지만 일을 안 할 수는 없으니) 일하기 싫은 마음이 없어지길 바란다"라는 것이었다. 그 자리에 있던 사람들은 "그건 나도 그래"라며 동의했다. 게으른 마음은 누구에게나 찾아온다. 주기는 다 다르겠지만.

돈을 벌기 위해 일하는 나는, 내가 어떤 꿈이나 목표를 위해 달려가고 있지 않기에 게을러지는 것 같았다. 그래서 나를 알아가기로 했다. 하고 싶은 일을 찾기로 했다. 그리고 이내 나의 브랜드를 만들기로 했다. 하지만 브랜드를 만들기 위해 이것저것 열심히 일을 하다가도 집중하지 못하고 SNS 속의 다른 사람의 일상을 훑어보고, 뜬금없이 블로그를 쓰고, 노래를 듣다 최신 차트에 있는 아이돌의 뮤직비디오를 보고, 갑자기 찾아오는 두려움과 걱정으로 시간을 허비해버렸다. 내가 하고 싶은 일을 열정적으로 하다가도 어느샌가 게으름뱅이가 되어버리곤 했다.

게으름은 항상 있다. 뚜렷한 목표가 있든 없든 상관없이 말이다. 이렇게 시간을 허비하고 나서 잘 쉬었다고 하면 다행이다. 하지만 늘 한 것도 없이 시간만 보냈다며 후회하고 무기력해지고 만다. 그럴 바에 조금 더 주체적으로 게을러지는 건 어떨까? 정해진 시간에 맛있는 커피와 간식을 먹으며 #햇살맛집 #커피스타그램 해시태그를 달아 SNS에 사진을 업로드하고, 블로그로 하루하루

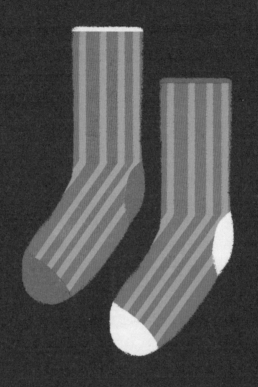

때로는 개미처럼, 때로는 베짱이처럼.

살아가는 일상을 기록하고, 내 감정을 다이어리에 끄적여보자. 열심히 일해야 하는 시간과 게을러져도 되는 시간을 구분해보자. 어떤 시간엔 개미처럼 열심히 일하고, 어떤 시간에는 내가 하고 싶은 것들을 여유롭게 하는 베짱이가 되어보자. 이제부터는 간헐적 베짱이다.

어떤 모임의 회의 때였다. 각자 의견과 건의 사항을 주고받았다. 난 과반수의 뜻에 따라 이루어지는 결정에 무리 없이 따랐다. 이쪽 의견을 들으면 이쪽 의견이 맞는 것 같고, 저쪽 의견을 들으면 저쪽 의견이 맞는 것 같았기 때문이다. 그래서 나는 아무 말도 하지 않고, 가만히 듣기만 했다. 혹시 내 의견을 물어볼까 조마조마한 채로 있다가 그대로 회의가 끝나자 안도의 한숨을 내쉬었다. 내 생각을 물었다면 모르겠다고 하거나 내 생각도 비슷하다고 대답했을 것 같다. 그렇게 언제나 나는 대체로 과반수가 수긍하는 주장에 끄덕끄덕 동의했다. 그러다 간혹 하고 싶은 말이 생겨도 꼭꼭 숨기며 다른 이의 의견을 주워 담아 내 것으로 만들었다. 아마도 명확하지 않은 내 의견을 들킬까 봐 겁이 났던 모양이다.

요즘 나는 《낱말의 양말》을 위해 꽤 오랜 시간 생각하고 글을 쓰고 그림을 그린다. 그 시간만큼은 내 마음이 선명해진다. 이제는 단 몇 시간이 아닌 24시간, 아니 매일매일 선명해지고 싶다. 그러기 위해 가장 먼저 해야 할 일은 꼭꼭 숨겨두었던 내 마음을 찾는 것이다. 그다음은 다른 사람들과 의견이 달라도 혼란스러워하지 않는 것이다. 내 생각도 맞고 네 생각도 맞으니까.

다른 색이 섞이지 않은 온전한 색이 될 때까지 '나'를 찾는 시간을 갖자. 한 가지 빛으로 된 단단한 나의 색을 가져보자.

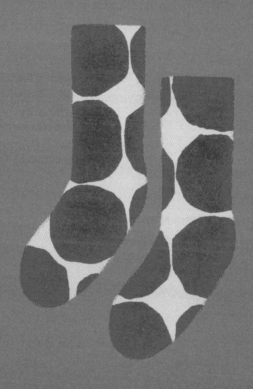

다른 색깔이 섞이지 않은 단단한 분홍색.

나의 모든 순간은 우연의 연속이었다. 내가 수원으로 이사 오지 않았다면, 아빠 친구가 소개해준 교회를 다니지 않았다면, 교회 오빠지금의 남자친구가 나에게 마라톤에 나가자고 권유하지 않았다면, 그와 집 방향이 같지 않았다면, 컨셉진을 선물 받지 못했다면 어땠을까? 아마 나는 연애도, 내 브랜드와 책을 만드는 일도 상상하지 못했을 거다. 가끔 사람들과 이야기를 나누다 추억에 잠겨 지난날을 되돌아보면, 모든 순간이 신기하기만 하다. 사진을 전공하고 스튜디오에서 어시스턴트를 했던 것, 회사에 취직해 좋은 사람들을 만난 것, 이직 후 새로운 회사에서 이것저것 경험해본 것도 모두 생각하지 못했던 일이다. 당시에는 나 자신이 너무 하찮게 여겨졌던 시절도, 시간이 아깝게만 느껴졌던 시절 모두 현재의 나와 연결되어 더 나은 내가 되는 디딤돌이 되어주었다.

이처럼 내가 만난 우연들은 '나'라는 퍼즐의 한 조각이 되어 하나의 그림이 되어가고 있다. 한 조각 한 조각이 어디 하나 연결되지 않은 곳 없이, 모든 방면이 다른 퍼즐과 연결되어 빈틈없이 채워지고 있다. 신기하다. 지나쳐온 모든 순간이 지금의 나를 만들기에, 모든 순간은 필연의 끈으로 이어진다. 과거의 한 조각이라도 달라지면 현재의 그림도 달라질 것이다. 그런데 이 필연은 어쩌면 내가 더 나은 방향으로 가길 바라는 어떤 강력한 힘에 의해 내 선택과 우연이 이끌린 것일지도 모르겠다.

퍼즐같이 맞춰지는 나의 그림.

나는 길을 걷다 종종 멈춰 서곤 한다. 혼자 걸을 때뿐만 아니라 사람들과 같이 걸을 때도 마찬가지다. 다른 사람들이 저만치 앞에서 걸어가고 있어도, 나는 멈춰 서서 뭔가를 찍는다. 그럴 때마다 동행하던 사람들은 갑자기 걸음을 멈춘 내가 도대체 무엇을 찍고 있는지 궁금해하지만, 사람들이 궁금해할 만큼 엄청난 것을 찍는 것은 아니다. 킥보드가 모여 있는 킥보드 정류장, 이정표나 도로표지판, 쌓여 있는 의자들, 나란히 걸려 있는 우산 등 보통 이런 것들을 찍는다. 나는 매일 길을 지나갈 때마다 작고 네모난 틀 속에 내가 보고 있는 풍경을 담는 상상을 한다. 그리고 맘에 드는 장면을 마주하면, 즉시 스마트폰이나 필름 카메라를 꺼내 그 순간을 담는다. 물론 내가 생각한 대로 담기지 않을 때도 있지만, 내가 생각한 그 조그만 조각이 사진에 정확히 딱 들어맞으면 뭔가 '슝' 하고 튕겨 올라갈 것 같은 기분이 든다.

　보통 그런 사진을 찍을 땐 두 손가락을 넓혀 최대한 확대하고 또 확대한다. '줌 이이이이인' 해서 확대된 사진이 좋다. 선이나 면, 빛과 그림자의 대비 따위를 많이 담는다. 횡단보도 위 콩나물 한 가닥처럼 보이는 가로등 그림자, 건물의 면과 하늘의 면이 뚜렷하게 대조된 모습 등 그림자와 빛의 대비가 그려낸 선들을 좋아한다. 길에서 만나는 풍경뿐만 아니라 일상에서 만나는 순간들을 담는 것도 좋아한다. 펫 브랜드에서 일하던 시절, 반려견 의류 촬영을 하면서 찍은 강아지의 까만 눈코입이 화면 전체에 가득 담긴 사진

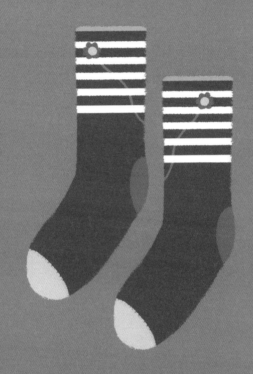

나의 조금 엉뚱한 사진들. 횡단보도에 핀 가로등 콩나물.

이나 강아지가 코를 들이대 초점이 나간 사진도 좋아한다. 내 사진
첩에는 그런 정체불명의 확대된 사진과 정보성 없는 사진들로 가
득하다.

　나만 알아볼 수 있고, 때론 나도 알아보기 힘들어 어떤 추억이
있었는지 추리하는 것도 나름 재미 요소다. 모두의 공감을 얻긴 힘
들겠지만, 소수의 몇몇 사람이 공감해줄 때 기분이 좋아진다. 조금
별난 사진 같아도 가장 나다운 사진 같아서 이 엉뚱한 사진들을 계
속 담아보려 한다.

푸른

우리말 중에서도 참 예쁘다고 생각되는 단어가 있다. 'blue' 'green' 'clean' 'flesh' 'sunny'의 의미를 모두 포함하는 '푸르다'라는 단어이다. 내게는 이 여러 의미를 담은 '푸른 날'의 기억이 있다. 바로 2020년 9월 24일이다.

　남자친구와 함께 공유 오피스로 출근하던 어느 날, 전날 새벽에 했던 아르바이트 때문에 늦잠을 자고 운동도 못 하고 늦게 출근하는 길이었다. 예전에 직장생활을 할 때였더라면 이런 쾌청한 날씨에도 출근해야 한다며 신세를 한탄했겠지만, 전 대표남자친구와 이 대표나는 출근길에 마주한 하늘과 나무, 공기와 햇살에 감탄하며 오후에 외근을 하기로 했다. 평일엔 평일만의 행복을 누려야 한다는 말도 안 되는 소리를 하며 주말에 하루 더 출근하기로 하고, 급작스럽게 우리만의 작은 일탈을 기획했다. 원래라면 맥북과 책, 잡동사니로 가득해야 할 백팩에 다이어리와 작은 드로잉 북, 필통 하나만 챙겼다. 어깨를 무겁게 짓누르던 짐에서 벗어났다. 한결 가벼워진 발걸음으로 양재천의 나무가 훤히 들여다보이는 카페로 향했다. 서울로 가는 광역 버스에서 영화를 보다 보니 금세 양재에 도착했다. 버스에서 내려 우릴 반겨주는 따스한 햇살과 시원한 공기, 푸른 하늘과 함께 양재천을 따라 걸었다. 마침내 도착한 카페에서 주문한 아이스 아메리카노와 캐러멜 파운드 케이크는 짝꿍으로 태어난 듯 심히 잘 어울렸고 금방 바닥을 드러냈다. 필통에서 아무 펜이나 집어 쓱쓱 그린 그림은 못생겼지만 만족스러웠고, 여유롭

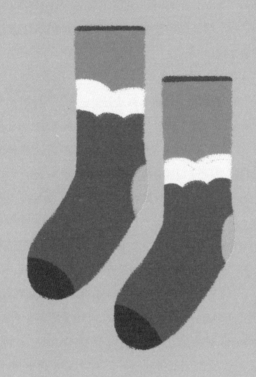

푸른 날의 맑고 깨끗한 나무, 구름, 하늘.

게 나눈 대화는 창문으로 보이는 춤추는 나무같이 신나고 재밌었다.

모든 세상이 푸른 날이었다. 투명하고 청명한 하늘 곳곳에 뭉쳐 있는 깨끗하고 새하얀 구름이 더 포근하게 느껴지고, 보통 때와 같았던 초록색 나무들도 유난히 싱그러워 보였던 하루. 어쩌면 우리의 작은 일탈이 푸른 세상을 더 짙게 만든 것일 수도 있지만.

글을 쓰다 보면 어떤 글을 써야 할지 생각이 나지 않을 때가 있다. 그럴 때면 스마트폰 메모장, 사진첩 혹은 내 방의 물건 등 나의 지나간 흔적을 탐색하며 글의 소재를 찾는다. 그러다 발견한 2020년 다이어리. 책상 한쪽에 방치되어 있던 다이어리를 펼쳐보니 빈 곳이 많고, 깨끗하다. 한 장씩 넘기며 내 글씨를 찾아보았는데, 맨 앞부분의 신년 계획 말고는 거의 찾아볼 수 없었다. 하다못해 일정이나 약속이라도 적어두었으면 기억을 떠올릴 수 있을 것 같은데, 연초에 적어놓은 게 전부였다. 2020년의 나는 언제 어디에서 무엇을 경험했을까? 나의 추억은 어디에 보관되어 있을까?

지금이라도 2020년의 특별한 사건이나 경험을 글로 표현하고 싶지만 그때의 상황, 분위기 그리고 나의 행동, 말, 감정이 온전히 남아 있지 않다. 머리를 쥐어짜 기억해보려 애써도 군데군데 구멍 난 기억을 메꿀 수가 없다. 그러다 보니 내 글은 구멍 난 글이 되어버리고 말았다. 최대한 거짓말을 하고 싶지 않은데, 그 애매한 기억을 글로 쓰려고 하면 왠지 모를 죄책감마저 든다.

하루의 기억이 지워지기 전에 오늘 나의 흔적을 붙잡아야겠다. 지금, 이 순간 느낀 감정뿐만 아니라 분위기, 주변 사람들의 행동, 말 등을 마치 희곡의 어린 시절 일기처럼 세세히 기록해야겠다. 당장 어제 일도 오늘이 되면 잠과 함께 기억이 달아나버리는 나의 머리를 탓하지 말고 그저 지금, 이 순간을 기록하자.

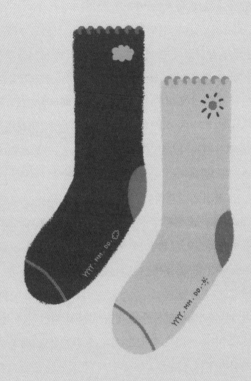

YYYY. MM. DD. 세세히 기록하자. 어린 시절 일기처럼.

공유 오피스로 출근한 지 5일째 되던 날, 퇴근하고 친구를 만나러 서울로 향했다. 치킨을 먹고 카페로 향하는 길에 귀여운 소품 가게가 있어서 들러보았다. 아담한 공간은 온갖 굿즈로 가득 차 있었다. 사람들이 끊임없이 들어왔고, 여기저기서 소녀들의 "예쁘다" "귀엽다" "갖고 싶다"라는 목소리가 들려왔다. 예전 같았으면 나도 여기저기 눈을 굴리며 어떤 걸 사면 좋을지 행복한 고민에 빠진 채 쇼핑하기 바빴겠지만, 이제는 다른 의미로 눈을 굴리게 된다. 어떤 종이를 사용했는지, 코팅은 어떤 종류로 했는지, 가격대는 어떻게 되는지, 디스플레이는 어떻게 했는지 훑어보기 바빴다. 한참 둘러보고 나니 몰려오는 걱정에, 길게 들이마신 숨을 깊게 내쉬었다. 이미 이렇게 귀엽고 예쁜 것들로 꽉 찬 이 공간에 내가 자리할 공간이 있을까? 그리고 이 많은 것 중 내 것이 누군가의 손을 잡고 바깥세상으로 나갈 수 있을까? 이런저런 걱정을 하다 소품 가게에서 나와 카페로 발걸음을 옮겼다. 훈훈한 아르바이트생 오빠가 주는 진한 말차 판나코타의 달콤함에 걱정이 잠시 사라지는 듯했다. 하지만 집에 돌아오는 버스에서도, 샤워를 하면서도, 잠을 청하면서도 하루가 지난 다음 날에도 심지어 이 글을 쓰는 순간까지도 걱정을 내려놓을 수가 없다.

친구와 헤어지고 집으로 돌아오는 긴 시간 동안 디자인에 관한 정보나 얻어볼 요량으로 유튜브를 시청한 게 잘못이었다. 디자인을 판매할 수 있는 플랫폼부터, 판매를 위해 필요한 절차들, 저작

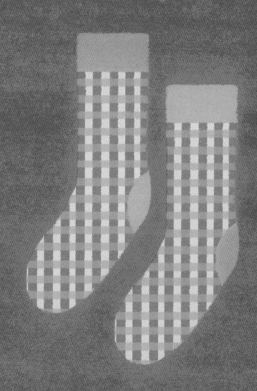

체크로 가득 찬 양말.
어지러움을 유발하는 고민은 양말 보따리에 잠시 덜어내 보자.

권과 특허에 관련된 것 등 내가 모르고 있던 여러 정보가 쏟아졌다. 내가 알고 있던 세계는 너무도 작았다. 아무것도 모르고 덤볐다가 정면으로 한 대 맞은 듯했다. 스크롤을 내려 댓글을 읽어보니 나보다 어리지만 이미 브랜드를 만든 사람도 있었고, 그림이 좋아서 계속 그려온 그림으로 브랜드를 만들려는 사람도 있고, 다양한 일들을 시도한 사람도 있었다. 다들 열심히 살고, 나보다 더 잘하고 있다. 난 어리지도 않고, 그려놓은 그림도 없고, 그렇다고 그림을 잘 그리는 것도 아니고, 아는 것도 없고, 나만의 스타일 따위는 당연히 없다. 뭔가를 제대로 시작해보기도 전에 겁부터 먹은 내 머릿속은 고민으로 가득 차버렸다.

사실 수 없이 들어서 이미 알고 있는 "시작이 반이다"라는 정답이 있다. 하지만 아직은 그 정답이 낯설기에 그저 친구에게 고민을 털어놓듯, 내 머릿속을 가득 채운 걱정을 양말 보따리에 덜어내고 싶다.

토요일이지만 출근을 했다. 피트니스 센터에 들러 운동을 하고 사무실로 향했다. 캄캄하고 고요한 복도를 지나 비밀번호를 누르고 불을 켰다. 주말이어선지 날씨가 좋아선지 그날따라 사무실이 어둡고 캄캄하게 느껴졌다. 책상에 앉아 며칠 전 봤던 영화를 마저 보면서 샌드위치와 아메리카노로 간단히 식사를 때운 뒤, 글을 쓰기 시작했다. 주말에 출근한 탓인지 집중이 되지 않았고, 영감이 되는 단어를 찾을 수 없었다. 두꺼운 영한사전도, 인터넷도 소용이 없었다. 이놈의 머리가 굳어버려 도저히 굴러가지 않았다. 하루하루를 의미 없이 버리고 있었다는 생각까지 들었다. 답답함에 울음이 터져 나왔다. 모든 감정을 남자친구에게 털어놓았다.

  내 말을 듣던 남자친구는 새로운 공간, 즉 우리가 가보지 않은 카페에 가서 영감을 얻어보자며 주머니가 열댓 개는 달린 백팩에서 차 키를 찾았다. 한참을 찾았지만, 쉽게 찾지 못했다. 그러더니 이런 평범한 상황에서도 영감을 받을 수 있다며 대뜸 차 키는 '문제를 해결하는 방법'이며 수많은 주머니에서 키를 찾는 건 '우리 인생'과도 같다고 얘기했다. 허세 가득한 너스레가 또 시작됐거니 하며 대수롭지 않게 여기고 함께 키를 찾던 나는 가방 맨 위 조그만 수납공간에서 키를 꺼내 주었다. 그랬더니 하는 말이 자기도 분명 그 주머니를 봤는데도 찾지 못한 것처럼, 눈앞에 해결 방법이 있어도 알아차리지 못할 수도 있다고. 그리고 내가 찾아준 것처럼 다른 사람의 도움을 받아 문제를 해결할 수도 있다고 했다. 나는 장난스

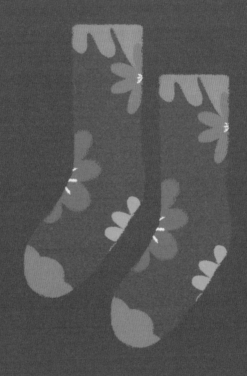

그림을 그릴 때 의도하지 않아도 꽃을 자주 그린다.
나도 모르는 사이 나의 영감이 된 꽃.

러운 넉살에 그만하자고 했지만 사실 그 말이 맞았다. 평소에도 충분히 영감을 얻을 수 있었다. 글을 써야겠다는 조급한 마음에, 그것에만 너무 집중했던 건 아니었을까? 평소에 떠오르는 감정과 생각에 귀 기울이고 일상에서 영감을 받으려는 마음을 열어두는 것만으로도 충분히 글 재료는 쏟아질 수 있다.

키를 찾은 우리는 밖으로 나갔다. 밖에 나와보니 맨날 보던 나무와 하늘, 햇살이 있었다. 오빠의 '차 키로 영감 찾기' 강의 덕분에 이제는 모든 것이 영감의 재료로 보이기 시작했다. 카페로 향하는 차 안에서 생각나는 것들을 스마트폰 메모장에 타닥타닥 써 내려갔다. 그때 적어놓은 생각들이 어떤 영감이 되어줄지 기대된다.

아주 평범하지만, 우리에게 설렘을 주었던 하루가 있었다. 요즘 나와 남자친구는 거의 맨날 붙어 있었다. 최근 일주일만 생각해봐도 매일 새벽 다섯 시 반에 함께 우유 배달을 하고, 피트니스 센터에서 운동도 같이하고, 같은 사무실로 출근해서 오후 여섯 시에 퇴근할 때까지 내내 함께였다. 친구보다 어쩌면 가족보다도 더 붙어 있기에 편한 단짝 친구같이 되어 버린 우리. (누나와 남동생 같다는 표현이 맞으려나?) 평소 우리는 연락할 때 메신저 채팅보다는 통화를 많이 한다. 아침에 일어났는지 확인하는 모닝콜부터 어디쯤 왔는지 물어보는 전화, 사무실과 집을 오갈 때 그리고 자기 전에 하는 전화까지. 최근 내 통화 목록에는 간혹 오는 070 스팸 번호 그리고 그것보다 더 뜨문뜨문 등장하는 부모님 번호를 빼면 거의 남자친구 번호만 있을 정도로 그와 통화를 자주 한다. 반면, 메신저 채팅 목록에서는 대화를 찾아볼 수 없다. 만나서 얘기하거나 전화로 얘기하면 되기 때문이다. 채팅장에는 강의, 강연 링크가 대부분이다.

그러던 우리가 아주 오랜만에 따로 시간을 보냈다. 각자의 집에서 점심, 저녁 식사를 하고 할 일을 했다. 그리고 전화가 아닌 메신저로 연락을 했다. 오랜만에 메신저로 나누는 대화에서 풋풋함이 느껴졌다. 별 대화도 아니었는데 잠시 연애 초기로 돌아간 듯했다. 그렇게 한참 채팅을 하다 갑작스럽게 영화를 보기로 했다. 시간이 되어 차를 끌고 영화관 주차장에 도착했는데, 방금 차에서 내린 듯

'설렘'이란 꽃말을 가진 칼랑코에.

한 남자친구의 모습이 보였다. 분명 어제까지 종일 붙어 있었는데, 오랜만에 보는 것 같았다. 평소와 다른 공간이어서였을까? 매일 사무실에서 함께 일할 때와 달리 사무실 밖 평범한 데이트가 오랜만이어서 그랬을까? 분위기가 사뭇 달랐다. 영화관에서는 사회적 거리 두기로 인해 우리는 한 칸 띄워서 앉았다. 중간 자리에는 우리의 두 손만 얹어져 있었다. 영화가 끝난 후, 이대로 집으로 돌아가는 게 아쉬워 영화관 주변을 걸었다. 영화에 나온 배우의 성대모사를 하고, 영화의 감상평과 서로의 느낌을 이야기하다 보니 시간이 훌쩍 지났다. 색다른 공간에서 오랜만에 경험한 설레는 시간이었다. 가끔 이렇게 새롭고 다른 느낌, 설렘을 만들어야겠다.

지난 일요일 아침, 집에서 글을 쓰고 있었다. 같은 시간 엄마는 내가 좋아하는 고기를 듬뿍 넣은 카레를 만들고 계셨다. 기분 좋은 카레 냄새가 내 방까지 퍼졌고, 거실의 TV 소리도 들렸다. 어떤 채널인지 몰라도 그건 분명 드라마였다. 엄마는 드라마 애청자이기 때문이다. 퇴근이 늦어 밤늦게 들어오시는 날에도 남아 있는 국에 밥을 말아서 먹거나 라면으로 대충 끼니를 해결하면서도 드라마를 보신다. 엄마는 드라마를 볼 때마다 온전히 몰입하여 때로는 엄마 미소, 때로는 비련의 여주인공처럼 울상을 짓곤 하신다.

오늘도 카레를 끓이며 드라마를 보고 계시던 엄마가 갑자기 내 방에 총총걸음으로 달려오셨다. 다짜고짜 "지금이 행복하다고 느끼는 데 필요한 거라곤 단순하고 소박한 마음뿐이다"라는 말을 한 자라도 놓치기 싫은 듯 계속 읊조리시며, 이 말이 너무 좋지 않냐고 말씀하셨다. 엄마의 행복한 미소가 엄마가 본 좋은 글보다 더 행복해 보였다. 엄마가 보시던 드라마는 〈청춘 기록〉이었고, 그 글은 주인공 혜준이 도서관에서 우연히 찾은 책에 나온 니코스 카잔차키스Nikos Kazantzakis의 글이다. 혜준에게 위로가 되어준 책이었는데, 엄마에게도 그 위로가 전해졌나 보다. 엄마와 나는 드라마 제목과 구절을 한참 검색해가며 어떤 책인지 찾아보았다. 몇 번의 검색 끝에 책을 찾을 수 있었고, 그 책은 《칼 라르손, 오늘도 행복을 그리는 이유》였다. 엄마와 나는 책을 주문해서 같이 읽어보기로 했다.

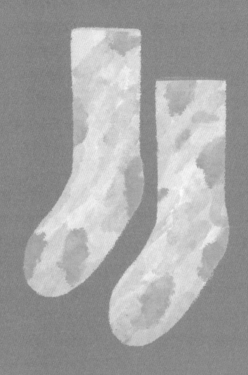

수채화같이 퍼지는 엄마의 귀여운 감성.

예전에도 엄마가 깊숙이 빠진 드라마가 있었다. 〈도깨비〉였다. 시 "사랑의 물리학"을 마음속으로 읊는 공유의 목소리와 김고은의 미소 그리고 그 시가 너무 감명 깊었나 보다. 엄마는 그 장면에 꽂혔는지 드라마에 나온 시집《어쩌면 별들이 너의 슬픔을 가져갈지도 몰라》를 사셨다. 그리고 가끔 채널을 돌리다 〈도깨비〉 재방송을 볼 때면, 아직도 처음 보는 것처럼 푹 빠져 보시곤 한다. 엄마의 이런 모습을 보면 감수성 풍부한 소녀 같아 조금 귀엽기도 하다.

다음 날 저녁, 집에 도착한 엄마는 어김없이 남은 카레에 불을 올리고 TV를 트신다.

대학을 갓 졸업하고 바로 취업하며 부산에서 상경한 사회초년생 시절의 나를 떠올려보면, 나는 정말로 촌스러웠다. 화장도 잘하지 못하고 옷도 잘 입지 못했다. 직장 선배들은 일찍이 패션에 눈을 뜬 건지 서울 사람이라 달랐던 건지 내가 보기에는 멋있었고 옷도 잘 입었다. 주로 블랙 톤의 옷들과 브랜드 옷을 많이 사 입는 그들 사이에서 나는 요란스러운 패션 세계를 보여주었다.

스마트폰 사진첩에 남아 있는 2016년 7월 11일의 사진에는 네 명의 사람이 있다. 그런데 그 사진 속에서 유독 나만 눈에 띄었다. 나머지 셋은 무채색 계열의 세련된 옷차림이었는데 나는 팔꿈치까지 내려오는 애매한 5부 소매 끝단에는 프릴이, 가슴 부분에는 마치 방울꽃처럼 흰색 테슬이 주렁주렁 달린 초록색 티셔츠를 입고 있었기 때문이다. 거기에다 애매하게 긴 파마머리와 화장기 전혀 없는 모습으로 어색하게 웃고 있었다. 지금의 나와 조금 다른 모습에, 나의 가면을 쓴 다른 이의 변장술은 아닌지 의심스럽기도 하다.

한번은 이걸 왜 샀나 싶을 정도로 이해할 수 없는 장미꽃 모양이 입체적으로 생긴 연분홍색 스터드 귀걸이를 산 적이 있는데, 그 귀걸이를 보고 네가 산 거냐고 묻는 선배의 말에 친언니의 것이라며 귀에서 얼른 빼버렸다. 또 한번은 엄마와 함께 백화점에서 구매한 핑크 양가죽 재킷을 입고 나간 적이 있는데, 내 피부 톤이나 빨간 홍조와는 너무도 안 어울린다는 말에 그 옷을 옷장 안에 영원히

컬러풀한 색감에 큰 꽃들이 난무하는 촌스러운, 그렇지만 좋은.

봉인해버렸다. 그 시절 내 패션에 관해 이야기하는 사람들 때문에 자존감이 떨어지기 일쑤였지만, 계속 그렇게 입고 다녔던 걸 보면 나는 나름대로 괜찮다고 생각했던 것 같다. 물론 지금의 내가 본다면 뜯어말렸겠지만.

그래도 다행인 건 시간이 지나니 이제는 남들의 말에 조금 무던해졌다는 것이다. 히피펌을 한 날, 개털 같다며 정말 마음에 드냐고 묻는 친언니의 말에도 "개성 있어서 좋아!"라고 대답할 수 있고, 나의 형광 파란색 반짝이 양말을 보고 너무 과한 것 아니냐는 지인의 말에 "이게 포인트라고! 난 내 양말이 좋아!"라고 말할 수 있게 되었다. 남들은 촌스럽다고 생각할지도 모르지만, 적어도 지금 내가 좋으면 되는 거니까! 나는 나의 패션을 사랑하기로 했다.

깊은

취업을 준비하며 디자인 학원에 다닐 때였다. 수업이 끝나 집에 가려는데 스마트폰 배터리에 빨간 불이 들어왔다. 배터리를 충전할 겸 근처 지하철역 안에 있는 프랜차이즈 커피숍으로 갔다. 내가 제일 좋아하는 착즙 오렌지 주스를 주문했고, 벽을 보고 앉았다. 그때 어떤 여자와 남자가 들어왔다. 둘의 대화를 들으려고 한 건 아니었지만 (들리게 말해서 어쩔 수 없이) 듣다 보니 아는 누나와 동생 사이였다. 잘 기억나지 않지만 남자는 앞으로의 미래에 대해 고민했고, 여자는 그에게 조언해주었던 것 같다. 그들은 계속 얘기를 주고받았다. 진중하고 진지했다. 가볍게 하는 농담과 술기운을 빌린 취중 진담보다 커피를 마시면서 나누는 그들의 대화가 훨씬 건강해 보였다. 그리고 문득 나도 이런 대화를 하고 싶다는 생각이 들었다. 하지만 당시 나는 지금처럼 이야기를 나눌 남자친구도 없었고, 그저 취업을 위해 학원에 다니는 취준생에 불과했기에 그런 일은 나에겐 일어나지 않을 거라고 여겼다.

시간이 지난 지금, 과거의 내가 지금의 나와 남자친구의 대화를 엿듣는다면 그때 그들의 대화를 들으며 느낀 감정과 비슷한 감정을 느끼지 않았을까? 우린 가벼운 농담부터 서로의 고민을 얘기하고 들어주고, 미래를 같이 그려 나가는 제법 깊은 대화를 주고받곤 한다. 지금 쓰고 있는 《낱말의 양말》, 즉 낱말을 정해 내 생각을 글과 양말 그림으로 표현하는 아이디어도 자주 가는 카페의 시원하게 뚫린 창가 앞에 나란히 앉아 말차 테린느와 플랫 화이트를 마시

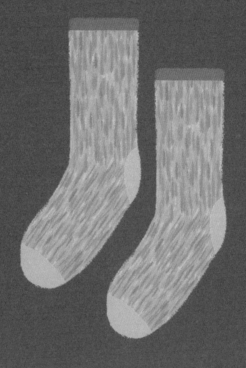

여러 사람과 깊은 대화를 나눌 수 있는
바다 같은 마음과 여유가 생겼으면.

며 나눴던 대화에서 시작되었다. 이런 대화를 나눌 수 있는 사람이 남자친구 외에는 거의 없지만, 언젠가 모든 사람과 대화의 희열을 이룰 수 있는 사람이 되면 좋겠다.

지금까지 전혀 시도해보지 못했던 일, 룩북 촬영을 하게 되었다. 평소 같으면 두려움과 불안으로 이런저런 핑계를 대며 못하겠다고 거절했을 텐데, 이번만큼은 도전해보기로 했다. 어떤 일이든 처음이 없는 일은 없으니, 결과에 연연하지 말고 최선을 다하자고 말이다. 다음 주에 당장 해야 하는 일이라 연휴 내내 두려움과 불안이 마음속 한구석에 응어리져 있겠지만 이 또한 익숙해질 거라 생각하며 무던히 기다리기로 했다.

몇 년 전, 지금 집으로 이사하던 때였다. 오래간만에 아파트에서 살게 된 나는 아파트 생활의 모든 게 낯설었다. 요일이 정해진 분리수거부터 공동 현관문 도어록 비밀번호, 지하 주차장, 별의별 이름으로 청구되는 비싼 관리비까지 그중 제일 낯설었던 것은 집으로 오는 길이었다. 아파트 입구에서 우리 집 현관까지 오는 길은 정말 험난했다. 입구에서 우회전하면 첫 번째 방지턱에 오른쪽 바퀴만 먼저 올라가 엄청나게 덜컹거리고, 차단기를 지나 만나는 두세 번째 방지턱에서도 덜컹거린다. 단지를 구불구불 돌아가다 보면 땅이 움푹 파인 곳이 있어 한 번 더 덜컹거린다. 이렇게 집까지 오기 위해서는 총 네 번의 덜컹거림을 맛보게 된다. 여기서 끝이 아니다. 지하 주차장은 엘리베이터가 아닌 두 개의 계단으로 이어져 있는데, 그중 하나의 계단이 집 근처와 연결된 통로였다. 표지판 하나 없이 계단 문에 매직으로 어느 동인지 달랑 적혀 있는 탓에, 계단 코앞까지 가지 않고서는 우리 집 근처로 가는 계단을 구

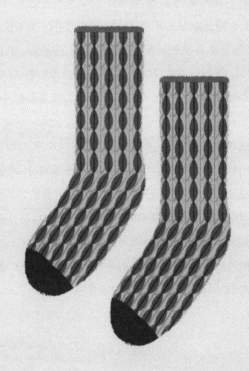

반복적인 과정으로 인한 익숙함.
이 루틴을 무기로 처음을 이겨내 보자.

분하기가 어려웠다.

집으로 가는 길이 어찌나 험난한지. 그래서 나는 나만의 지도를 머릿속으로 그렸다. 여러 번의 시행착오 끝에 장애물을 무사히 통과할 방법을 생각해냈다. 첫 번째로 만나는 커다란 방지턱에서는 순간적으로 액셀을 밟으면 기분상 덜 꿀렁거리는 것 같고, 파인 곳을 만날 땐 살짝 좌측으로 틀면 흔들림 없이 편안하고 고요히 지나갈 수 있게 되었다. 지하 주차장 계단은 나만 알아챌 수 있는 표식을 머릿속에 저장해 이제는 빠르고 무사히 집에 도착할 수 있었다.

집으로 향하는 낯선 길은 어느새 익숙해졌고, 이렇게 익숙해진 길을 따라 걷다 보면 처음의 낯섦을 이겨낸 것 같아 묘한 기분에 빠질 때도 있다. 무슨 일이든 마찬가지였다. 처음엔 아무것도 몰랐어도 시간이 지나면 금세 익숙해진다. 어떤 일을 하든지 이 반복적인 과정이 쌓여 그 일에 익숙해지고, 능숙해질 수 있다는 걸 안다면 처음 하는 일이라도 초연히 이루어낼 수 있을 것만 같았다. 그렇게 생각하고 나니 마음이 한결 편해졌다.

드디어 룩북 촬영을 했다. 이전 회사에서 강아지는 여러 번 촬영해 봤어도 메인 포토로서 사람을 모델로 한 촬영은 처음이었다. 스튜디오에서 일한 적도 있긴 했지만, 그때는 촬영할 기회가 없었다. 촬영을 앞두고 '내가 과연 이 어려운 프로젝트를 해낼 수 있을까?' 하는 걱정이 들었다. 이렇게 걱정하는 나에게, 한 친구가 모델을 긴 강아지라고 생각하라 조언해주었다. 모델이 길긴 길었지만, 그 방법은 전혀 통하지 않았다. 걱정을 덜기 위해 최대한 열심히 준비했다. 사진 시안부터 톤앤매너, 사진가의 강의, 편집숍 룩북, 메이킹 필름 등을 수없이 검색했다. 하지만 걱정과 긴장은 촬영 전날 밤까지 계속되었고, 아메리카노를 연거푸 들이켠 것처럼 심장이 벌렁거려 겨우 잠들 정도로 걱정에 걱정을 거듭했다.

　스튜디오에 도착해 조명과 카메라를 세팅하고, 촬영하기 직전까지도 계속 레퍼런스를 찾아보다 가까스로 첫 컷을 찍었다. 알아서 척척 포즈를 취하는 모델 덕분에 나는 셔터를 누르기만 하면 됐다. 다만 너무 빨리 찍어선지 아니면 조명 상태가 별로였는지 조금 찍다 보니 삐비빅 소리가 나면서 조명이 작동하지 않았다. 예상하지 못한 상황에 흐름이 끊겨 진땀을 빼긴 했지만, 다행히 여분의 조명이 있어서 다른 조명으로 바꾸어 촬영을 이어갔다. 4시간이라는 시간이 정말 4분처럼 후딱 지나갔다. 긴장 끝에 서 있었던 촬영이 우여곡절 끝에 마무리되었다. 아쉬운 부분도 많았지만 그래도 그렇게 메인 포토의 '처음'이 끝이 났다.

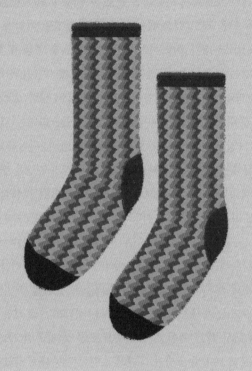

떨리는 내 마음의 파동.

극도의 긴장감을 경험한 건 이번만이 아니었다. 스튜디오에서 일할 때 여배우 뷰티 잡지 촬영을 하던 날이었다. 이 잡지는 한 면에 꼭 촬영 현장 스냅 사진을 넣는데, 그 촬영을 내가 하게 된 것이다. 나밖에 찍을 사람이 없어서 맡게 된 것이기는 했지만, 촬영 기회라곤 테스트 컷 서터를 대신 누르거나 로케이션 답사가 전부였던 내게 드디어 모델을 찍을 기회가 왔다. 심장이 벌렁벌렁하다 못해 밖으로 튀어나올 것만 같았다. 이 기회를 잘 살려보리라 다짐하고 열심히 준비했다. 어느덧 촬영 당일이 되었다. 한번은 모델이 메인 카메라가 아닌 다른 곳에 시선을 두고 촬영을 진행했는데, 우연히 내가 모델의 시선이 있는 곳에 서 있었다. 나는 내 카메라에 시선을 준 기회를 감히 놓치지 않기 위해 열정적으로 찍었다. 그런데 한 타임이 끝난 후, 관계자 한 분이 다가와 모델의 시선이 있는 곳에서 서브 카메라가 촬영하고 있으면, 모델들이 부담스러워할 수 있다고 말씀하셨다. 민망함과 무안함에 뻘쭘해진 나는 그 뒤로 다소 소심해졌지만, 그래도 최선을 다해 촬영을 이어 나갔다. 며칠 후 발간된 잡지에 내 이름과 함께 내가 찍은 사진이 한 페이지 가득 실리게 되었다.

처음 하는 일을 할 때 긴장되고 입이 바싹바싹 마르는 건 당연하다. 하지만 그 떨림에도 불구하고 기회를 받아들이고 노력하니 어떻게든 결과가 나왔다. 아쉬움이 없는 건 아니지만, 최선을 다했으니 후회 없이 떨쳐버릴 수 있었다. 그리고 또다시 기회가 오면, 그때 최선을 다하면 된다. 그러면 된다.

카페에서 일을 하다 주위를 둘러보니 햇살이 늘어진 창가 쪽에 노란색 스프라이트 티셔츠를 맞춰 입은 엄마와 아들의 모습이 보였다. 맞은편엔 그녀의 동생 또는 친구로 보이는 사람도 있었다. 두 사람은 서로 대화를 나누었고, 엄마는 품에 안겨 잠든 아이를 토닥토닥 다독였다. 아이는 따스한 햇살을 받으며 깊은 꿈을 꾸고 있는 듯했다. 불그무레한 빛이 가득한 시간이 다가오자 내 자리까지 길게 햇살이 드리웠다. 아이는 재밌는 꿈이라도 꾸는지 여전히 꿈나라에서 나올 생각이 없었다. 엄마는 이내 아이를 잠시 소파에 눕혔다. 그리곤 아이의 자는 모습이 사랑스러운지 이리저리 자리를 옮겨가며 스마트폰으로 아이의 모습을 담았다. 소중하고 사랑스러운 눈빛으로.

햇살이 완전히 자취를 감출 즘에는 또 다른 가족이 들어왔다. 아이는 이 공간이 신기했는지 신나게 이곳저곳을 탐색하고 다녔다. 결국 아빠가 나서서 아이와 함께 카페 구석구석을 탐험했다. 피곤한 모습이 역력했지만, 아이를 바라보는 눈엔 사랑이 가득했다. 아이를 향한 사랑이 따뜻하게 드리운 햇살보다 더욱 포근해 보였고, 내 자리까지 드리운 햇살 때문인지 오늘따라 그 모습들이 더욱 빛나 보였다. 이런 모습들은 평소에도 종종 마주하는 익숙한 모습이지만, 따스한 햇살이 내 마음까지 닿았는지 오늘따라 당연하고 일상적인 사랑이 특별하게 느껴진다.

엄마, 아빠, 아들딸.
부모님의 사랑은 불그름한 빛이 가득한 시간보다 더 따뜻하다.

⭐035 상상하는

나는 종종 마치 내가 사람들의 머릿속에 들어가 있는 것처럼, 다른 사람의 생각을 몰래 상상하곤 한다. 그러한 상상 중 팔 할은 '나'를 어떻게 생각할지에 대한 추측이다.

특히 나를 바라보는 사람들에 대한 생각을 추측할 때가 많다. 나는 카페에서 작업을 많이 하는 편이라, 혼자 카페에 가면 항상 노트북과 태블릿으로 뭔가를 쓱쓱 끄적인다. 어쩌다 그런 내 모습을 바라보는 사람들이 있으면, 나는 그 사람 머릿속에 살짝 들어가 나를 어떻게 생각할지 상상해본다. '분위기 좋은 카페에서 일하는 자유로운 예술가 혹은 잘 나가는 프리랜서라고 생각하지 않을까?'라며 유추해본다. 나는 이렇게 다른 사람이 '나'를 어떻게 생각하는지 제일 궁금하다. 사실 그 사람들은 별생각이 없을 텐데 말이다.

그러고 보면, 내가 누군가와 대화할 때마다 꼭 하는 말이 있다. "그치?" "맞지?" 등의 내 생각에 동의를 구하는 질문이다. 내 생각을 자주 말하는 편은 아니지만, 이러한 질문은 빠짐없이 나온다. 내가 이런 질문을 했을 때 바라는 상대방의 반응은 "내 말이 그 말이야!" "맞아"라고 맞장구를 치거나 고개를 끄덕이는 리액션이다. 이와 다른 반응이 나온다면 내 등에는 땀줄기가 흐를 것이 분명하다. 하지만 이렇게 다른 사람의 생각에 지나치게 집착하면 내 생각을 올바로 세울 수 없게 된다. '나는 이렇게 생각하는데 너는 그렇게 생각할 수도 있지'라고 넘어가지 못하고 '내 생각이 틀렸고, 네

끊임없이 떠오르는 말풍선 구름.

생각이 맞구나'가 되어버리니 말이다. 그러니 이제는 다른 사람의 생각을 상상하는 것보다 내가 어떤 생각을 가졌는지 궁금해하자. 남이 보는 내가 아니라 내가 보는 나에 대해 집중해보자.

우유 배달을 하기 위해 자정이 다 되어갈 즘 집을 나섰다. 하루 사이에 공기가 사뭇 달라졌다. 녹녹하고 차가웠다. 이 공기는 예전에 일일 야간 아르바이트를 했던 시절로 나를 데려다줬다. 마트 재고 조사 아르바이트였는데 밤부터 아침까지 바코드를 찍고, 숫자를 세기를 반복했다. 일이 다 끝나고 밖으로 나오면 어떤 때는 아직 캄캄한 새벽이기도 하고, 어떤 때는 동이 터 있기도 했다.

보통의 사람들이 하루를 시작하는 시간에 나는 하루의 끝을 맞이했다. 그 시작의 시간에는 지하철역 근처에서 어묵과 토스트 장사를 준비하는 사람들, 멀끔하게 차려입고 출근하는 사람들, 커피를 손에 쥐고 가는 사람들이 있었다. 우유 배달을 하는 요즘도 이른 시간에 하루를 시작하는 사람들을 가까이 마주하게 된다. 일찍 일어난 할머니 할아버지가 아침 운동을 하는 공원, 김이 모락모락 피어오르는 토스트 가게, 식자재 상자를 나르는 식당, 부지런히 일터로 출발해 점점 빈자리가 많아지는 아파트 지하 주차장 등.

지치고 피곤한 모습으로 하루를 끝내는 나와는 달리 그들의 시작은 활기차고 생기 있어 보였다. 하지만 하루의 시작과 끝이 바뀐 채 한 발짝 떨어져서 보고 있으니, 보통 사람들과 같이 아침에 일과를 시작하는 날에는 생각하지 못했던 것을 깨닫게 되었다. 많은 사람이 각기 다양한 모양으로 하루를 시작하고 있었다. 나의 하루도 시간만 뒤바뀌었을 뿐 똑같은 밤을 지나 똑같은 아침을 맞이한

하루가 시작되는 아침의 색깔.

것이다. 이렇게 사람들은 매일 아침을 맞이한다.

　이른 아침, 타인의 시작을 마주해보자. 사람들의 아침을 마주하고 나면 나에게도 똑같이 주어진 하루가 다른 사람들과 별반 다르지 않음을, 어김없이 찾아오는 이 평범하고도 힘겨운 일상을 부단히 살아갈 용기가 생기곤 한다.

양재천을 따라 걸었다. 걷다 보니 길 곳곳에 보이는 게 있었다. 전동 휠, 전동 자전거, 전동 킥보드 등이 곳곳에 놓여 있었다. 예전에 관광지에서 헬멧을 착용하고 전동 킥보드를 타본 적이 있는데, 걸어가는 사람을 지나쳐가는 빠른 속도감에 엄청난 짜릿함을 느낄 수 있었다. 무척 편했다. 걸어서 가면 더 오랜 시간이 걸렸을 텐데, 이 맛에 타는구나 싶었다. 세상이 참 편해졌고, 더욱 편해지고 있다. 그렇지만 아직도 필름 카메라, 종이책, 라디오, 올드카 등 아날로그 감성을 느낄 수 있는 물건들이 여전히 남아 있는 걸 보면 우리는 무언가 불편하더라도 매력적인 것들을 찾고 있는 것 같다.

'아날로그' 하면 떠오르는 수동식 필름 카메라는 초점과 노출을 손으로 돌려서 맞춰야 하는 데다가 바로 결과물을 볼 수도 없다. 필름 한 롤을 다 찍은 뒤 현상과 스캔을 맡기고, 기다려야 한다. 시간과 돈도 배로 든다. 이렇게 번거로운 과정이 필요하지만, 요즘 사람들은 다시 필름 카메라를 찾는다. 책도 그렇다. 수만 권의 책을 태블릿이나 스마트폰 하나로 저렴한 가격에 쉽게 찾아볼 수 있고, 마음에 드는 구절이 있으면 구불구불한 밑줄이 아닌 처음부터 끝까지 반듯한 밑줄을 칠할 수도 있다. 그런데도 종이책은 여전히 사랑받고 있다. 우리 아빠는 클래식한 차를 좋아해서 예전에 다이너스티와 각 그랜저를 타고 다니셨다. 연식이 있는 만큼 틈만 나면 수리센터에 가야 했지만 차를 매우 아끼고 자랑스러워하셨다. 블루투스나 AUX 단자가 없는 건 아무 문제도 되지 않았다. CD 부자

내가 좋아하는 아날로그 중 하나인 필름.

였던 아빠는 차 안에 CD를 쟁여놓고 좋아하는 노래를 선택해 들으셨기 때문이다.

우리가 사는 세상은 점점 편리해지고 있지만 그렇다고 아날로그가 사라지지는 일은 없을 것이다. 인생이 모두 편하고 쉽게만 돌아간다면 조금 무료하지 않을까? 좀 더 재미있고 아름답게 살아가기 위해 약간의 불편함은 남겨두기로 하자.

(038) 고요한

퇴근하기 위해 사무실을 나서며, 습관적으로 귀에 무선 이어폰을 꽂았다. 뭔가를 듣고 싶은데 사무실에서 온종일 들었던 음악을 또 듣고 싶지는 않았다. 강의를 듣자니 스마트폰 화면이 너무 작았고, 드라마나 예능을 보자니 맑고 화창한 날씨를 온전히 느끼지 못할 것 같았다. 집까지 가는 시간을 어떻게 보낼지 결정하지 못한 채 걸음을 옮기는데, 혼자 걸어서였을까? 날씨가 좋아서였을까? 사무실 앞 공원을 가로질러 가는 길에 왠지 모르게 혼자 여행을 떠났던 강원도가 떠올라, 집에 가는 길 내내 여행 기간 기록했던 녹음 파일을 들으며 추억에 빠졌다.

  2년 전 어느 봄, 혼자 차를 끌고 강원도 여행을 떠났다. 하늘도 파랗고 미세먼지 수치도 낮아 여행하기 딱 좋은 날이었다. 맑은 하늘 덕분인지 사람들이 제법 있었다. 의암호가 보이는 카페테라스에 앉아 치즈 식빵과 레모네이드를 먹었다. 나는 필름 카메라와 차 키, 에코백을 옆에 둔 채로 카페에서 흘러나오는 보사노바를 음미했다. 이미 동나버린 필름을 갈고, 눈앞에 펼쳐진 호수를 찍었다. 그때 옆자리에 앉아 수다를 떨고 계셨던 동네 아주머니 두 분께서 혼자 여행하러 온 내가 신기했던 모양인지 말을 걸어주셨다. 아주머니들은 나에게 왜 혼자 왔냐고 물어보시곤, 언제 혼자 여행을 떠났는지 모르겠다며 열띤 토론을 하셨다. 취업하면, 결혼하면, 아기를 낳으면 여행가는 게 더 어렵다고 지금 혼자 떠나온 내가 기특했는지 자꾸 칭찬해주셨다.

고요하게 빛났던 호수.

아주머니들과 이야기를 나눈 뒤에는 소양강 스카이워크를 찾아 갔다. 매표소의 작은 스피커에서 포크 음악이 흘러나왔다. 카메라로 열심히 풍경을 담고 주변을 돌아보니 홀로 있는 고요 속에서만 보이는 것들이 있었다. 강이 보이는 유리 난간 앞에 나란히 앉아 휴식을 취하고 있는 중년 부부, 호수가 보이는 바닥이 무서웠는지 아니면 엄마가 손을 잡으라고 시킨 것인지 두 손을 꼭 잡고 걸어가는 동그란 안경을 쓴 남자아이와 갈래머리를 한 여자아이, 유난히 반짝반짝 빛나는 호수 등 눈에 보이는 모든 것이 정말 아름다웠다.

나는 여행을 하며, 무심히 스쳐 지나가는 여행의 순간들을 기억하기 위해 풍경과 소리를 사진과 녹음파일로 담았다. 카페에서 흘러나오던 음악 소리, 그 음악 소리와 자연스레 섞인 사람들의 목소리, 돌길을 걷는 발소리, 휴대용 스피커로 트로트를 틀어놓고 지나가는 할아버지의 자전거 소리까지. 홀로 침묵할 때 그 호수 같은 고요함 속에서 비로소 들을 수 있는 것들이 있다. 여행지에서 만난 소소한 일상의 소리. 지금 나는 그때의 소리를 다시 듣고 있다.

평소 자주 하는 말이 있다. "나는 예쁘지 않다. 못생겼다. 키도 작고 배도 나오고 피부도 까무잡잡하다. 예뻐지고 싶다. 힙해지고 싶다." 특히 스튜디오에서 일할 때 이런 말들을 많이 했다. 같이 일하던 언니, 오빠는 성격도 좋고 옷도 잘 입고 일도 잘하고 성격도 화통했다. 그야말로 힙한 존재였다. 그에 비해 나는 앞서 말했다시피 그저 한낱 쭈그리에 불과했다. 스튜디오에서 많은 연예인을 보긴 했지만, 그 사람들과 나를 비교하지는 않았다. 그들은 나를 그저 한낱 오징어같이 만들 뿐, 그들 때문에 나의 자존감이 낮아지는 일은 없었다. 그들은 애당초 이 세상 사람이 아니었으니 말이다.

문제는 나와 같은 공간에서 함께 살아가고 있는, 이 세상 사람들이었다. 스튜디오 식구를 비롯한 헤어 메이크업 스타일리스트, 에이전시 사람들은 정말 멋있었다. 자기 일을 똑 부러지게 할 뿐만 아니라 일에 대한 자부심도 있었다. 그들에게는 열심, 열정, 열의와 같은 것들이 가득 차 있었다. 각자의 불꽃이 있다고 해야 할까? 그들은 연예인처럼 예쁘고 잘생긴 건 아니었지만, 빛나는 사람이었다. 반면 나는 깜박거리는 가로등처럼 희미한 불빛으로 겨우 하루하루를 지속해 나가고 있었다.

2년의 세월 끝에 스튜디오를 그만두게 되었다. 그때부터 지금까지 나는 이것저것 나에게 맞는 일을 찾아서 시도하고 있다. 그 과정에서 좌절의 순간을 만나기도 했지만, 나는 멈추지 않고 계속

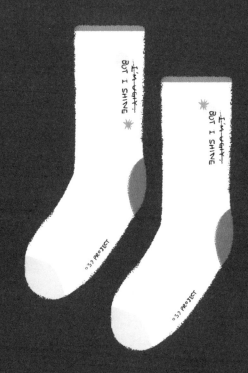

I'm ugly but i shine.

나아가고 있다. 책도 읽고 계획도 세우고 크고 작은 도전을 하며 하루하루를 살아가고 있다. 그러다 보니 허투루 보내는 시간이 아까워 열심과 열정, 열의를 가지고 하루를 살아내기 위해 노력하고 있다.

외모와 상관없이 빛나는 사람이 어떻게 빛을 발하는지 조금은 알 것 같다. 나는 여전히 못생겼지만, 스스로 빛을 내는 사람이 되어가고 있으니 조금 못생겨도 괜찮다.

고3 때의 일이다. 대학 입시를 앞둔 우리는 원하는 대학과 학과를 정해야 했다. 선생님은 교실 뒤에 있는 게시판에, 전국의 대학교와 학과 리스트가 적힌 큼지막한 종이를 붙이셨다. 그걸 보고 어디를 가야 할지 고민하다 최종 결승까지 오른 건 지리교육학과와 사진학과였다. 당시 내가 제일 좋아하던 과목은 한국 지리였다. 다른건 몰라도 한국 지리만큼은 내신부터 수능까지 모두 1등급을 쓸었다. 그 정도로 나는 지리를 좋아했지만, 사진과는 연이 없었다. 그랬기에 친구들도 내 선택에 의아해했다.

왜 사진이었을까? 중학교 입학 선물로 받은 콤팩트 카메라가 떠오른다. 내 첫 카메라였다. 독립영화 감독이자 사운드 디렉터인 아빠 덕분에, 내게 카메라는 완전히 낯선 물건이 아니었다. 가보와 같은 니콘 필름 카메라와 녹음기를 비롯한 온갖 장비가 집에 가득했기 때문이다.

난 여행을 다니며 사진을 찍고 싶었다. 배우 배두나의 사진집 시리즈 《두나's 런던놀이》, 《두나's 도쿄놀이》, 《두나's 서울놀이》도 참 좋아했다. 내가 여행 사진에 눈을 뜨게 된 것은, 생뚱맞지만 한국 지리 선생님의 수업 덕분이었다. 선생님은 수업 시간에 직접 다녀온 곳의 사진을 보여주며 지리에 관해 설명해주셨다. 전국의 방방곡곡 어느 곳이든 선생님의 사진이 항상 있었다. 나는 여행 사진작가 같은 선생님의 여행기를 초롱초롱한 눈빛으로 기다리는 학

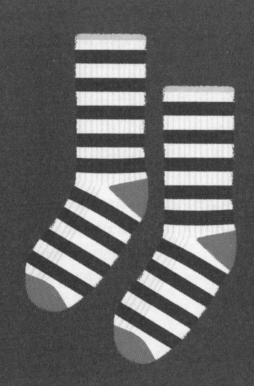

내가 생각하는 양말의 기본 아이템은 스트라이프.

생이었다. 선생님의 수업을 들으면서 나도 여행을 다니며 사진을 찍고 싶어졌다. 큰 종이에 깨알같이 적힌 수많은 학과 중 이상하게도 '사진학과'에 유독 초점이 맞춰진 것도 그 때문이지 않을까?

대학교에서 공부하고, 스튜디오에서 일한 것까지 6년간 사진을 접했지만, 스튜디오를 그만두면서 디자인으로 방향을 돌려 디자이너로 취업을 했다. 하지만 내 인생에서 사진은 그리 쉽게 떨어지지 않았다. 사진을 전공했다는 사실을 숨길 이유도 없었고, 오히려 메리트가 되어버리는 바람에 나는 어떤 일을 하든 사진을 찍게 되었다. SNS에 올릴 간단한 이미지부터 화장품 신제품 촬영, 펫 의류 룩북까지. 최근에는 외주 의뢰를 받아 패션 룩북을 촬영하기도 했다.

디자이너가 되면 사진 찍을 일이 전혀 없을 줄 알았는데, 나는 한순간도 사진과 이별한 적이 없다. 계속해서 사진과 연을 맺고 있었다. 한 번의 선택으로 사진은 평생 내 기본 아이템이 되었다. 다른 선택을 했으면 어땠을지 궁금하기도 하지만, 이렇게 된 이상 사진이라는 이 아이템을 언제라도 꺼내어 쓸 수 있도록 계속 갈고닦아야겠다.

커피의 맛이나 분위기가 중요하지 않던 중고등학생 시절, 카페란 그저 공부하거나 수다를 떨기 위한 곳이었기에 친구들과 나는 저렴한 카페를 찾아다녔다. 그리고 한 손에는 아이스 캐러멜 마키아토, 다른 손엔 아이스티 또 다른 손엔 레모네이드가 쥐어졌다. 단것을 좋아하는 이런 취향은 20대 초반까지도 이어졌다.

20대 중반쯤, 이런 나의 음료 취향을 바꿔야만 하는 계기가 있었다. 포토 어시스턴트였던 나는 미팅이나 잡지 촬영이 있을 때면 에디터 어시스턴트와 함께 커피 심부름을 하곤 했다. 사람들이 주로 선택한 메뉴는 아메리카노였다. 하지만 당시 아메리카노 특유의 맛을 알지 못하고 단것을 좋아했던 나는 아메리카노 사이에 달콤한 음료를 조심스럽게 끼워 주문하곤 했다. 이런 일들이 몇 차례 반복되자 아메리카노보다 비싼 음료를 시키는 것이 눈치 보이기 시작했다. 그래서 아메리카노를 제외한 메뉴 중 제일 저렴한 카페라테를 먹어보기로 했다. 카페라테가 달진 않지만, 우유가 쓴맛을 잡아줄 거라 생각했기 때문이다. 그렇게 마시게 된 카페라테는 맛도 제법 좋아서 내 단골 메뉴가 되었다.

시간이 흘러 30대를 바라보고 있는 나는 이제 아메리카노를 마실 수 있게 되었다. 아직은 디저트 없이 아메리카노만 마시는 경우가 많지는 않지만, 아메리카노는 빵과 케이크를 먹을 때 함께 마시는 나의 단골 메뉴가 되었다. 그리고 핸드드립과 같이 맛있는 커피

깊은 맛이 나는 아메리카노 속 크레마.

와 맛없는 커피를 조금은 구별할 수 있게 되었다.

얼마 전 중학생 때 친구를 만났다. 우리 테이블에 놓인 건 더 이상 아이스 캐러멜 마키아토와 아이스티가 아니었다. 스콘 하나와 아이스 아메리카노 두 잔을 시키며, 우리도 이제 어른이 되어 인생의 쓴맛을 알게 되었다고 쓴웃음을 지으며 수다를 떨었다. 늙었다고 신세 한탄하는 소리와 함께.

가끔 카페에서 학생들이 시킨 달콤한 음료와 내가 시킨 아이스 아메리카노를 번갈아 보면 왠지 모르게 어른이 되었다는 허풍스러운 마음도 들기도 한다. 아메리카노를 마시는 것만으로도 어른이 된 것 같은 기분에 우쭐하지만, 가끔은 그 맛을 모르던 그때가 그립기도 하다. 그리고 어느덧 훌쩍 커버린 어른의 삶이 커피처럼 쌉쓰름하기도 하다.

햇살이 눈부시게 내리쬐고 바람이 선선하게 부는 보통의 날에 행복하다는 말을 자주 하는 편이다. 햇살과 바람을 느낄 여유가 있기 때문인 것 같다. 그렇게 만난 여유롭고 행복한 순간은 순식간에 뇌리에 깊이 새겨져 오래 기억에 남는다.

그중 에펠탑 앞 공원에서 작게 음악을 틀고 멜론과 체리를 먹었던 그때 그곳, 그 분위기를 잊을 수가 없다. 프랑스라는 장소 때문만은 아니었다. 대학생 때 야간 아르바이트로 겨우 경비를 마련해 떠났던 첫 프랑스 여행은 내 인생 가장 한스러운 동시에 가장 짙은 기억으로 남은 여행이기도 했다.

졸업 전시와 취업 준비 등으로 한창 바빠야 할 대학교 4학년 여름방학, 나는 십년지기 두 친구와 함께 프랑스로 떠났다. 해야 할 일들이 많았지만, 당시에는 친언니가 프랑스 유학 중이던 지금이 아니면 안 될 것 같았기에 나름 과감한 결정을 내렸다. 언니는 프랑스 꼬마 아이에게 피아노를 가르쳐주며 그 집에 딸린 작은 공간에서 생활하고 있었다. 우리는 2주 정도 그곳에서 지내기로 했다. 언니와 나는 침대만 겨우 들어가는 다락방에서, 친구 둘은 밑에 있는 피아노 옆에 이불을 펴고 다닥다닥 달라붙어서 잤다. 욕실은 문도 없이 샤워 커튼으로만 가려져 있어 화장실 밖으로 물이 튈까 몸은 최대한 움직이지 않고, 손만 움직여 재빨리 샤워를 했다. 빨래 더미가 모인 날이면 세탁기가 있는 본채 지하로 내려가야 하는데,

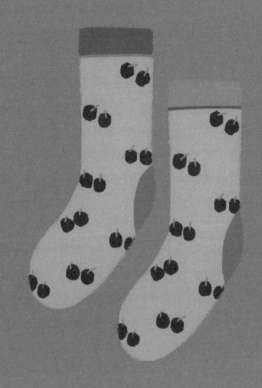

호박색 멜론과 포도색 체리와 함께한 여유

혹여 프랑스 꼬마들이 TV를 보는 데 방해가 될까 봐 발끝을 세워, 삐걱거리는 나무 계단을 살금살금 내려갔다. 불편한 건 여기서 끝나지 않았다. 가벼운 주머니 탓에 외식을 최대한 줄일 수밖에 없었던 우리는 한인 마트에서 산 식재료와 각종 양념과 라면, 그리고 통만 바꾸면 어떤 음식이든 다 할 수 있는 멀티 쿠커로 온갖 요리를 해서 대부분의 끼니를 해결했다. 좁은 공간에서 요리까지 하려니 번거롭기 짝이 없었다. 작은 팬에 삼겹살과 새우를 구워 먹을 때는 한꺼번에 많은 양을 구울 수 없어 손가락을 빨며 구워질 때까지 기다리던 적도 있었다.

조금 불편하고, 빈곤했던 프랑스 여행은 여러모로 아쉬움이 가득한 기억으로 남아 있다. 그런데 누군가 여행 중에 제일 기억에 남는 곳이 어딘지 물으면 이상하게도 그때 그 프랑스가 가장 먼저 떠오른다. 에펠탑이 보이는 풀밭에 담요를 깔고 작게 음악을 틀어놓고선 루미큐브를 하며 놀다가 따사로운 햇살과 시원한 바람을 만끽하려 서로의 몸을 베개 삼아 눕고, 그러다 입이 심심하면 집에서 싸 온 호박색 멜론과 포도색 체리의 달콤함을 꿀꺽꿀꺽 삼키던 여유로운 시간을 잊을 수가 없다.

졸업 전시와 취업 준비로 바빴던 날들을 뒤로하고 떠나온 빈곤한 여행 중 느꼈던 보통의 여유였기에, 그 순간이 더 특별하게 느껴진 것은 아니었을까? 빠듯하고 팍팍한 순간 속에서도 보통의 여유를 잃지 말고 잠깐이라도 행복한 순간을 만들어보자. 그 잠깐은 오래도록 기억에 남을 테니까.

자정이 되기까지 2시간 정도 남은 이 시간, 노트북 앞에 앉아 키보드를 두드리고 있다. 낱말은 당연히 생각나지 않고 그나마 메모장에 끄적여놓은 단어 몇 개를 문장으로 뻥튀기시켜 보지만, 그나마겨우 쓴 세 줄도 마음에 들지 않아 몽땅 지우고 화면을 백지로 만들었다. 그렇다. 지금 나는 백지다. "나아아알마아아알의 야아아앙마아아알!"이라고 포효했다. 이제 그만 자고 싶지만, 여전히 책상앞이다. 앉아 있다 보면 뭐라도 써지겠지.

어제는 새벽에 아르바이트를 마치고 집으로 돌아와 딱 10분만소파에 궁둥이를 붙이고 앉았다가 옷을 갈아입고 피트니스 센터로 갔다. 러닝머신에서 빠른 걸음으로 20분 정도 걷다가 뒤꿈치가쓸려 운동을 멈추고 밖으로 나왔다. 테이크아웃 커피숍에서 저렴하고 큼지막한 아이스 아메리카노 한 잔을 사 들고 사무실로 갔다. 일하다 점심을 먹고 낮잠을 조금 자다가 다시 일을 시작했다. 저녁이 되어 집에 돌아와 구운 베이컨 다섯 줄, 계란프라이 두 개와 낙지 젓갈을 가득 담은 접시와 김 한 봉지, 시원한 물을 가지고 TV앞으로 가서 평소 즐겨 보는 예능 〈구해줘 홈즈〉를 보며 밥을 먹었다. 그러다 낮에 미처 쓰지 못한 글이 떠올라 어떤 집이 채택되었는지 결말도 보지도 못한 채 다시 책상 앞에 앉았다. 《낱말의 양말》 원고를 무사히 마무리하고, 하루에 책을 다섯 장 이상 읽고 인증하는 독서 챌린지인 이치 독서까지 하면 어느새 하루가 훌쩍 지나 있다. 그렇게 오늘이 되었고, 오늘도 어제와 별반 다르지 않은

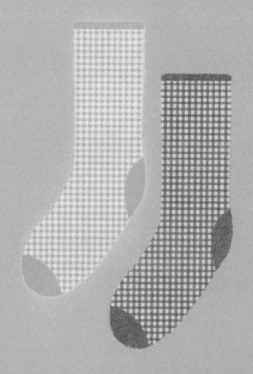

더 이상 뻗어나가지 않는 생각. 그래도 일단 아무거나 그려본다.

똑같은 하루가 지났다.

손 편지를 쓰면 항상 주저리주저리 쓰다가 중간에 꼭 "이야기가 너무 산으로 갔네. 아무튼~"이라는 말을 덧붙이곤 했는데, 지금 내가 쓰는 글이 딱 그 격이다. 아무 말 대잔치가 바로 이런 게 아닐까? 집중도 되지 않고 아무것도 떠오르지 않지만, 책상에 앉아 노트북을 켜고 아무 글이나 써 내려갔다. 오늘 하루 글 쓰는 것을 포기한다면, 내일도 모레도 포기하게 되어 점점 구멍 난 하루가 많아질 수도 있을 테니까. 운동선수나 음악가들이 하루라도 연습을 하지 않으면 감각을 잃게 된다고 하는 것처럼, 나는 하루를 기록하는 감각을 잃지 않기 위해 오늘도 글을 쓴다. 정말 아무 글이지만.

배두나. 그녀는 내가 좋아하는 작가다. 많은 이들에게 그녀는 배우
로 기억되겠지만, 나에게 그녀는 배우보다 작가로서의 이미지가
더 짙다. 사진과 관련한 원고를 쓰다 어릴 때 좋아했던《두나's 런
던놀이》가 번뜩 떠올랐다. 이 책을 읽고 난 뒤, 지금까지 품어온 작
은 소망을 다시 꺼내어 들여다보고 싶어 인터넷 서점에서 책을 검
색했다. 2006년에 초판 1쇄가 발행된 이 책은 이미 절판된 지 오
래였다. 여러 사이트에서 검색한 결과 중고 상품 중 최상급을 찾아
《두나's 런던놀이》와 《두나's 도쿄놀이》, 《두나's 서울놀이》까지
구매했다. 드디어 도착한 나의 놀이들. 나름 최상급인 아이들이었
지만 세월을 무시할 수는 없었나 보다. 책 끄트머리에 노르스름한
낡음이 묻어 있었다. 책을 펼치는 순간, 그때의 추억이 확 끼얹어
져 이 책을 처음 만난 때로 되돌아갔다.

　그 시절 학교 도서관에서 우연히 발견한 이 책은, 그녀가 딱 지
금 내 나이 때 쓰고 찍은 귀엽고 소소한 글과 사진들로 이루어져
있다. 특별할 것 없는 사진 일기 같기도 했지만, 그녀의 감성으로
바라본 세상을 경험할 수 있게 해줬다. 이 책에 푹 빠져버린 나는
그녀의 책 세 권을 모두 섭렵했다. 그리고 작은 소망이 생겼다. 작
아졌다 커졌다 반복하지만 사라지지 않고 마음속 한편에 늘 자리하
고 있는 나의 소박한 꿈, 여행 사진 에세이를 쓰는 것. 나보다 글을
잘 쓰고, 사진을 잘 찍고, 여행을 많이 다녀본 사람이 수두룩하기에
내가 이런 일을 할 수 있을까 두렵기도 하고, 아직 세상에 나오지도

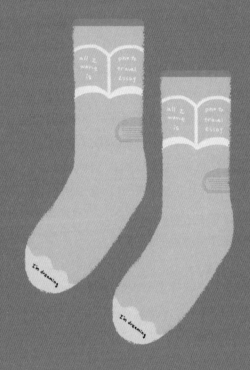

내 꿈은 사진, 여행, 글을 담아내는 것.

않은 책을 향한 사람들의 평가를 생각하면 벌써 땀이 쏟아진다.

"고무줄을 갖고 노는 게 고무줄놀이인 것처럼, 공기를 갖고 노는 게 공기놀이인 것처럼 '런던놀이'는 런던을 가지고 노는 것."

그러다 《두나's 런던놀이》에서 발견한 이 문장이 내 마음에 콕 박혔다. 노는데 불안하고 긴장하는 사람이 어디 있을까? 거대한 꿈으로 포장하지 말고, 놀이하듯 꿈을 가지고 놀아보자. 그냥 여행 가서 사진 찍으며 놀고 글 쓰면서 놀자는 거다. 그렇게 놀다 보면 작지만, 오랫동안 간직해온 소망 하나를 이루어낼 수 있지 않을까? 이제부터 "다혜's 놀이"를 시작해보자.

우유 배달을 시작했을 때의 일이다. 남자친구와 나는 전임자에게 인수인계를 받으며 조금 녹슬긴 했지만 튼튼한 카트와 사용감이 꽤 있어 보이는 장바구니를 물려받았다. 우유 배달 10년이란 화려한 경력으로 다져진 장인의 아이템을 물려받은 우리는 우유 배달이라는 모험에 함께할 새롭고 든든한 장비를 추가로 장착하고자 마트에 들렀다. 상자를 실을 수 있는 접이식 카트와 계산대 옆에 항상 놓여 있는 검은색 장바구니타폴린백를 여러 개 구매했다. 이로써 카트 두 대와 장바구니 열댓 개의 아이템을 갖춘 우리는 우유 배달을 위한 준비를 완벽히 마쳤다.

　처음 배달을 시작한 우리는 아파트 단지 여섯 군데를 배정받았다. 분명 아저씨는 4시간이면 끝난다고 했는데, 축지법을 쓰지 않고서는 불가능한 시간이었다. 해 뜨는 것까지 보고 난 뒤에야 일이 끝났다. 나는 아파트 네 동을 한 번에 가기 위해 카트에 상자 두 개를 포개어 올리고 그 위에 장바구니를 올려 고무밴드로 겨우 고정했다. 그것만으로도 버거운데, 여름엔 아이스팩까지 있어서 짐은 더욱 불어났다. 너무 많이 담았는지 가끔 틈 사이로 요구르트 같은 것들이 튕겨 나가기도 했다. 하필이면 첫 코스부터 오르막길이라 시작부터 팔이 떨어져 나갈 것 같지만, '쓱' 하고 배에 힘을 꽉 주고 카트를 끌고 간다. 엘리베이터를 타고 올라가서 제일 높은 층부터 아래로 내려오면서 카트를 비워간다. 맨 위에 있는 장바구니를 먼저 비우고 다음으로 밑에 있는 상자까지 비운 뒤, 가벼워진 카트를

깃털 같은 앙고라.

쫄랑쫄랑 끌고 차로 가지고 온다.

이제는 아파트 세 단지를 다른 사람에게 넘겨서 양이 많이 줄긴 했다. 장바구니 여섯 개 정도만 있으면 충분하다. 하지만 장바구니는 손으로 들어야만 해서 카트 없이 장바구니만 이용하는 것도 꽤 고역이긴 했다. 장바구니를 들고 가다 너무 무거우면, 잠시 바닥에 내려놓은 뒤 호흡을 가다듬고 다시 들곤 한다. 그래도 안 되겠다 싶을 땐 아예 어깨에 둘러메고 간다. 마지막 아파트의 마지막 라인까지 돌린 뒤, 장바구니 다섯 개를 곱게 접어 남은 장바구니 하나에 넣으면 무거웠던 장바구니들이 종이 한 장처럼 가벼워진다.

이처럼 내 인생의 무거운 짐은 과거에도 있었고, 현재에도 있으며 미래에도 있을 것이다. 무게의 차이는 있겠지만, 우리는 모두 인생의 짐을 적어도 하나씩은 가지고 있을 것이다. 이에 따라 밀려오는 온갖 근심 걱정으로 머리가 아프기도 하지만, 조금 단순하게 생각하자. 무겁고 빵빵했던 여섯 개의 장바구니도 미션을 완료하면 한 손, 아니 두 손가락으로 들고 다닐 수 있을 만큼 가벼워지는 것을 기억하자. 물론 또 무거워질 테지만 이 사실을 가볍게 여기고, 당연하게 생각하자. 그러면 언젠가 또 가벼워지겠지.

쉬운

오늘 아침, 전날 밤 맞춰놓은 알람이 10분마다 시끄럽게 울려 알람을 겨우 끄고 일어났다. 씻고 로션을 바르는데 미처 진동 모드로 바꾸지 못한 스마트폰에서 알림 소리가 울렸다. 광고 문자였다. 오늘따라 유난히 알림 소리가 더 날카롭게 느껴지고, 순간 짜증이 몰아쳤다. 씩씩거리며 문자를 확인했다. (광고)로 시작하고 무료 수신 거부 080으로 끝나는 대출 광고 문자.

사실 내 스마트폰 상단에는 수시로 알림이 뜬다. 나는 그런 알림을 읽지도 않고 검지로 쓱 올린다. 그 모습을 본 남자친구가 왜 이렇게 진동이 많이 울리냐고 물었다. 그래서 수시로 울리는 이 알림들은 과거 나의 귀찮음이 만든 결과물임을 자백했다. 어딘가에 가입할 때마다 약관을 다 읽어보지도 않고 습관적으로 전체 동의를 눌렀다. 오빠는 그런 나를 제지했다. 선택 사항은 체크하지 말라는 말에 이제 마케팅 수신 동의는 체크하지 않지만, 여전히 난 매일 광고 문자, 카톡, 전화, 메일, 앱 푸시 알림에 시달리고 있다.

평소 같으면 '또 광고야?' 하며 짜증을 내다가도 대수롭지 않게 넘어갔겠지만, 이날만큼은 이 문자를 처단하고 싶었다. 평소에는 거들떠보지도 않던 080 무료 수신 거부 전화번호로 전화를 걸었다. ARS의 간략한 안내를 듣고, 생년월일 여섯 자리를 입력한 뒤, 숫자 하나만 누르면 수신 거부가 완료되었다. 또 다른 광고 문자를 처리하러 수신 거부 전화를 걸었는데 이번에는 숫자 하나만 누르

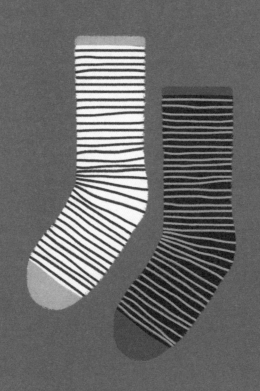

반듯한 선이 아닌 삐뚤빼뚤 쭉쭉 그린 스트라이프.

니 끝이 났다. 너무 쉽게 광고 두 개가 차단되었다. 몇 번의 터치로 수년간 받아오던 광고 문자와 이별했다. 이제 알림이 뜰 때마다 들어가서 차단할 것이다.

광고 문자로부터 받은 고통을 끝내는 건 생각보다 쉬운 일이었다. 이외에도 나를 고통스럽게 하는 수없이 많은 크고 작은 일들 또한 광고 문자처럼 수신 거부 번호를 찾아 전화하는 작은 시도만으로도 고통은 쉽게 끝날지도 모른다. 늘 시달려왔던 고통에도 080 번호가 있지 않을까? 이제 내 고통도 수신 거부하자.

047

이로운

내가 사는 경기도에서 회사가 있는 서울까지 가려면 버스를 타고 한 시간은 족히 달려야 한다. 짧고도 긴 이 시간을 어떻게 보내느냐에 따라 그날의 기분과 태도가 결정되기도 하는데 나는 주로 SNS로 지인들의 일상 또는 내가 좋아하는 브랜드의 소식 등을 염탐하거나, 꽉 막힌 도로에서 홀로 버스 전용 차도를 달리며 옆 차선에서 달리지 못하는 차들을 멍하니 내려다보거나, 유튜브 알고리즘을 통해 보이는 자극적이고 재미있는 사진과 영상을 보기도 한다. 또 어떨 때는 휴대하기 편리하고 어디에서나 읽기 좋은《컨셉진》을 읽기도 한다. 논현동, 도곡동, 성수동으로 출근할 때부터 지금까지 꽤 오랫동안 긴 출퇴근을 하다 보니 어떻게 이 시간을 잘 보낼 수 있을지 생각하게 되었다. SNS나 유튜브 영상을 보는 것보다는 책을 읽고 강의를 듣는 것이 조금 더 그 시간을 제대로 보낼 뿐만 아니라 하루를 더 알차게 보낼 수 있게 되는 것 같다는 생각이 들었다. 앞으로 언제까지 이 먼 거리를 버스로 오가게 될지는 모르겠지만 이곳에 있는 시간만큼은 조금 더 이롭게 보내고 싶다.

어제는 서울에 사는 친구 집에서 잤던 터라 오늘 아침의 목적지는 서울이 아닌 집이 있는 경기였다. 경기에서 서울로 이동하는 게 익숙한 이 시간에, 평소와는 반대로 서울에서 경기로 나서는 낯선 버스에 몸을 실었다. 창밖의 햇살과 드넓은 하늘, 가끔 보이는 구름을 바라보며 스마트폰 메모장으로 이 글을 적고 있는 이 시간은, 충분히 이로운 순간이었다.

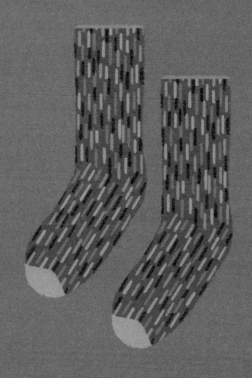

고속도로를 달리며 얼마나 이로운 시간을 가졌는지 생각해보자.

나는 스마트폰이나 컴퓨터, 책을 볼 때 그 속으로 빨려 들어갈 것 같은 자세를 취한다. 중앙으로 쏠린 눈썹, 주름이 생긴 미간, 작아진 눈, 피사체를 노려보는 동공, 구부정해진 목, 한껏 올라간 승모근. 퇴근할 때가 되면 목과 어깨, 눈이 항상 뻐근하다. 인물 보정을 위한 밑 작업을 하는 날이면 특히 눈이 더 피로했다. 모공까지 보이도록 확대해서 세밀하게 들여다보았다가 축소해서 전체의 모습을 살피기를 반복하며 점점 더 피로해지는 눈과 몸을 돌보기 위한 방도가 필요했다.

　동네 안경원으로 갔다. 안경사님이 지금까지 불편한 점은 없었는지 물으셨다. 곰곰이 생각하다 모니터 속으로 조금 들어갈 것 같은 것 빼곤 괜찮았던 것 같아 그다지 지장이 없었다고 말했다. 그러자 안경사님이 말했다. 생활하는 데 지장이 없는데 왜 안경을 맞추시냐고 말이다. 그 말에 기분이 푹 상해버렸다. 더 나은 시야를 위해 안경을 맞추겠다는데, 생활에 지장이 없으면 맞추면 안 되는 건가? 그렇게 상한 기분으로 안경원을 나온 나는 다음 날 안경을 찾으러 오라는 연락을 받고 다시 안경원으로 갔다. 안경집에서 동그랗고 얇은 검은색 뿔테안경을 꺼내 쓴 순간, 어제 안경사님의 말에 순응하게 되었다. 안경을 쓰지 않아도 지장이 없었던 건 사실이다. 내가 보고 있던 게 전부인 줄 알았기에 그저 조금 흐린 세상이 당연한 줄 알고 살아왔던 것이다. 하지만 그건 안경을 쓰기 전의 세상밖에 몰랐기 때문이다. 안경을 쓰고 본 세상은 너무도 낯설

크고 작은 얼굴. 웃거나 무표정한 모양으로, 서로 다른 얼굴.

었다! 심 봉사가 눈을 뜬 느낌이라고 말하면 너무 과장된 말이겠지만, 솔직히 그때는 정말 그런 느낌이었다. 새로 맞춘 안경을 썼다 벗기를 반복했다. 세상이 이렇게 선명하고 밝고 깨끗했던가? 갑자기 마주하게 된 이 또렷한 광경이 조금 어색하기도 하고, 약간은 어지럽기도 했다.

안경을 쓰기 전이나, 안경을 쓴 지금이나 세상은 늘 또렷했는데 내 눈에만 흐리게 보인 걸까? 아니면 원래 흐린 세상이었을까? 조금 헷갈렸다. 그리고 다른 이들이 바라보는 세상은 어떨지 궁금해졌다. 좋은 시력으로 안경이 필요 없는 사람들은 늘 또렷한 세상 속에서 살고 있을까? 난시나 원시 또는 근시로 세상을 흐릿하게 볼 수밖에 없던 사람들은 여전히 흐릿한 세상 속에 살고 있을까? 아니면 안경과 렌즈, 수술을 통해 또렷한 세상을 마주하고 있을까? 똑같은 세상을 각자의 눈을 통해 제각기 다르게 바라본다는 사실이 신비로웠다. 모두에게 똑같은 세상이지만, 어떤 눈으로 바라볼지는 나에게 달려 있지 않을까?

"나는 배 위에, 언니는 방파제에 있었어. 곧 파도가 덮칠 것 같아 언니한테 얼른 도망가라고 소리치고서는 배에서 내려서 언니를 찾으러 갔는데, 언니가 어떤 짐승에게 물어뜯기고서는 눈빛이 돌변해 나를 쫓아오는 거야! 그리고 나서는 나를 물어버렸는데, 그걸 본 사람들은 기겁해서 다 도망치고 어떤 여자애만 남아 있었어. 이번엔 언니가 그 애를 물었고, 조금 있다가 그 애가 돌변해버렸는데, 진짜 겁나 무서웠어. 무슨 좀비인 줄 알았다니까. 그리고 그 애가 나에게 달려들더니 내 발목을 앙! 물어버렸어!"

　남자친구를 만나자마자 지난밤의 무서운 꿈 이야기를 한참 늘어놓았고, 내 말을 가만히 듣던 오빠가 대답했다. "앙 물었다고? 별로 안 무서운데?" 내가 느낀 공포와 미스터리한 느낌은 이게 아닌데, '앙' 한 글자로 이상해져 버렸다. 오싹했던 꿈을 설명하기에는 적합하지 않은 단어였던 것 같다. 조금 더 무섭게 짧고 굵은 비명처럼 '악' 물어버렸다고 고쳐서 말했지만, 이것도 어울리지 않았다. 이미 그 꿈의 이야기는 꼬마 아이가 사랑스럽게 '앙' 하고 무는 듯한 귀여운 내용으로 변질되었다. 아니다. 어쩌면 내 꿈을 직접 경험하지 못한 남자친구는 내가 설명하는 단어들로만 상상해야 하므로 애초에 내 이야기는 왜곡되어 전달될 수밖에 없을지도 모른다.

　말이란 이렇듯 늘 왜곡과 함께한다. 내 머릿속에 있는 이미지를 온전히 전달하기란 참 힘든 일이다. 어떻게 전달하는지에 따라 그

지직 지지직. 말이란 늘 왜곡과 함께한다.

느낌이 달라지기 때문이다. 우린 내가 전하는 이미지와 전달받은 이미지가 다른 모순 속에 살고 있다. 잘못된 전달로 인해 난 별거 아닌 꿈에도 무서워하는 어린아이가 되었다. 참 오싹하다.

햇살이 눈부시게 내리쬐는 아침, 샤워를 하고 거실 바닥에 담요를 깔고 앉았다. 소파에 등을 기대고 앉아 글을 썼다. 노래를 듣기 위해 유튜브에서 플레이리스트를 재생했다. 내가 좋아하는 HONNE의 〈no song without you〉가 첫 곡으로 나온다. 올려다본 하늘은 푸른색으로 칠해져 있고 어느새 내 옆으로 해가 길게 들어온다. 빨래 건조대에 널려 있는 수건은 햇살을 가득 머금은 채 천천히 건조되고 있다. 창문으로 들어오는 바람이 뽀송뽀송한 수건을 스칠 때마다 풍겨오는 섬유 유연제 향이 왠지 포근하다.

얼마 전 엄마가 드라마 〈청춘 기록〉을 보고 산 니코스 카잔차키스의 책 《칼 라르손, 오늘도 행복을 그리는 이유》를 읽다 엄마가 읊조렸던 그 문장을 직접 보게 되었다.

"지금이 행복하다고 느끼는 데 필요한 거라곤 단순하고 소박한 마음뿐이다."

나는 곧잘 하늘을 본다. 나의 행복은 주로 하늘에서 시작되기 때문이다. 유독 내 사진첩에 하늘 사진이 많은 이유다. 하늘의 색과 구름의 모양은 매시간 다르다. 어두운 새벽 미명에 서서히 동트는 붉은 하늘부터 정오의 파란 하늘, 해가 질 때의 분홍빛 하늘, 별과 달이 빛나는 캄캄한 하늘까지. 그중에서도 해 질 무렵 붉게 물든 하늘은 특별하게 느껴져 자주 사진으로 남기기도 하지만, 사실

파란 하늘, 쨍한 햇살, 화창한 날씨로 행복한 하루.

내가 좋아하는 하늘은 파란색이다. 모든 대상이 또렷해지도록 강한 햇살이 넘실대는 하늘이 좋다. 나의 단순하고 소박한 행복은 하늘을 보는 것에서 자주 일어난다. 오늘 하루를 시작하는 아침, 맑은 하늘을 보고 화창한 마음이 피어났다.

다른 사람들에게는 특별할 것 없는 평범한 하늘일 수도 있지만, 나에게 맑은 하늘은 시작의 두근거림에 진동을 가하고 또 때론 삶의 다반사가 불행이라고 느껴질 때 작은 위로를 건네준다. 일이 잘 풀리지 않을 때, 괜히 마음이 울적할 때는 하늘을 올려다보자. 따뜻한 햇살이 마음을 녹이고 푸르고 넓은 하늘은 모든 감정을 품어줄 테니.

공유 오피스의 내 책상에는 배가 갈린 채 누워 있는 외장 하드 케이스와 며칠 전 먹었던 과자 봉지, 물기 없이 바삭해진 귤껍질과 때 지난 손 선풍기가 뒤죽박죽 놓여 있다. 그뿐만 아니라 일회용 음료 잔, 필통, 안경집, 파우치 등에게 자리를 내어준 책상에는 노트북 한 대만 둘 수 있는 작은 공간만 남았다. 내 방 책상의 사정도 별반 다르지 않다.

하지만 이렇게 너저분하게 살다가도 한 번씩 정리하는 날이 찾아온다. 무질서의 고초를 버티고 버티다가 머릿속까지 복잡해져 더 이상 참을 수 없는 한계에 도달하면, 그제야 정리를 시작한다. 이 맛은 마치 며칠째 한 프로젝트를 가지고 계속 피드백을 받으며 수정하다가 더 이상의 수정이 없다는 피드백을 들었을 때의 홀가분함, 막힌 코 때문에 힘겹게 숨을 쉬고 있다 갑자기 뻥 뚫린 코로 들이마시는 맑은 공기에서 느껴지는 상쾌함과 비슷하다.

괜히 마음이 뒤숭숭하고 아이디어가 떠오르지 않을 때 혹은 일이 손에 잡히지 않거나 일하기 싫을 때, 눈앞에 놓인 무질서를 참지 못하고 쌓아왔던 커피잔을 하나둘 버리고 책상에 굳이 없어도 될 것들을 서랍에 넣고 돌돌이롤클리너로 한 번 쓱 닦는다. 삐뚤어진 마우스패드와 키보드를 반듯하게 놓고 다이어리와 필통, 노트까지 가지런히 놓는다. 흐트러진 것들을 한데 모아 치우고 정돈하여 질서를 되찾는다. 이 과정에서 무거웠던 마음이 가벼워지고, 괜스레

반듯하게 정돈된 패턴.

다시 시작할 수 있는 용기도 생긴다. 마음이 얼기설기 얽혀 있을 땐 책상부터 정돈해보자. 주변을 정리하고 나면 복잡했던 마음도 어느새 단순해져 있을 테니.

우리 집은 아파트 11층에 있어 외출할 때마다 엘리베이터를 탄다. 하지만 엘리베이터에서 마주친 이웃과 인사를 나눈 적은 한두 번 정도인 것 같다. 어색하기도 하고, 무안을 당할까 봐 아니면 괜한 오지랖인가 싶기도 해서 난 아무 말도 하지 않기로 선택했다. 그건 이웃 주민들도 마찬가지인지 엘리베이터에는 마찰음과 안내음만 울릴 뿐이다. 사람들은 멍하니 오르락내리락하는 숫자를 보거나 스마트폰만 본다.

인사를 나누거나 이야기를 나누지는 않지만, 엘리베이터에서 유독 자주 마주치는 이웃이 있다. 13층의 그녀들이다. 집을 나서고, 돌아오는 시간이 비슷한지 자주 만난다. 나이는 30대 중후반쯤 되어 보였다. 처음 몇 번은 자매 또는 친구쯤 되겠거니 했다. 그런데 어느 날 이어폰을 껴도 들려오는 대화 소리를 어쩔 수 없이 듣게 된 뒤로는 직장 동료 관계일 거란 생각이 들었다. 자주 마주쳤기 때문일까? 별일 아닌데도 이상하게 궁금했다.

13층의 언니들뿐만 아니라 6층 할아버지, 4층 학생, 11층 우리 집 맞은편에 살고 있는 가족. 칸칸이 들어가 있는 이웃들은 어떤 사람일까? 혼자 궁금해하고 추측만 하다 아파트 생활이 끝날지도 모르겠다. 처음 이사 온 날부터 이웃들과 인사를 나눴더라면, 마주칠 때마다 안부를 건넸더라면 집을 나서고 돌아오는 시간이 조금은 더 정겹고 따뜻해지지 않았을까? 아파트는 많은 사람이 살고

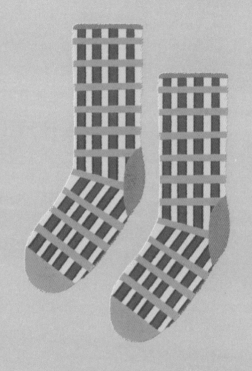

개인적인 아파트 공간에서 먼저 문을 열자.

있는 공동의 공간처럼 보이지만, 지극히 개인적 공간이다. 하지만 조금만 용기 내어 내가 먼저 문을 연다면 그들도 문을 열어주지 않을까?

공유 오피스 입주 상담을 받으러 간 날, 그 자리에서 바로 사인하고 입주하게 된 남자친구와 나의 첫 사무실. 내 마음대로 출퇴근하고, 일하는 동안 좋아하는 음악을 틀어놓을 수도 있다. 날 방해하는 어떠한 소음도, 눈치 주는 상사도 없다. 내가 일하고 싶을 때 일할 수 있고 내가 쉬고 싶을 때 쉴 수 있다. 바로 앞에 있는 공원에 산책하러 나가는 것도, 외근도 다 마음대로 할 수 있었다. 모든 게 다 내가 마음먹는 대로 할 수 있었다.

입주 첫날, 들뜬 마음으로 입주 기간 해야 할 일을 계획하고 붙여두었다. 처음에는 계획한 대로 새벽에 운동하고 아침에 원고를 쓰고 점심시간 이후에는 브랜드를 준비했다. 하지만 어느 순간 리듬이 와르르 깨졌다. 둘이서 영화나 드라마를 보거나 야근한답시며 치킨을 시켜 먹고서는 배가 불러 책상이나 의자에 기대 자기 일 쑤였다. 사무실이 아니라 아지트가 되었다. 나가서 바람 쐬는 시간이 많아지고, 점점 출근 시간이 늦어지더니 아예 출근하지 않는 날도 생겼다. 그렇게 공유 오피스에 입주하며 세웠던 우리의 계획은, 1월을 제외하고는 텅 빈 내 다이어리처럼 끝나버렸다.

사적인 시간에는 '무한한 자유'가 주는 나태함이 있다. 사람들은 그 게으름에 빠지지 않기 위해 적당한 규율과 틀을 만든다. 물과 영양제를 챙겨 먹겠다고 돈을 내면서까지 챌린지를 신청하고, 모르는 사람과 함께 모임이나 스터디를 하는 것도 다 그 때문이지 않

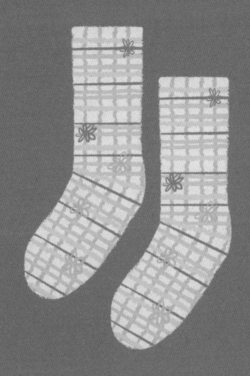

적절한 규율 속에서 피어나는 꽃들.

을까? 내가 《낱말의 양말》을 통해 100가지의 이야기를 쓸 수 있었던 것도, 한 달에 세 권의 책을 읽을 수 있었던 것도 규칙과 보상이 정해져 있는 챌린지를 통해서였다. 만약 사무실에 입주하면서 계획했던 일들에도 스스로 규칙을 정하고 그에 따른 보상을 약속했었다면 결과는 달라지지 않았을까? 자유로움 속에서 허우적거리고 있다면 일정한 규칙을 만들어, 그 안으로 들어가 보자. 적당한 규율과 틀은 더 나은 나를 만들어가는 데에 도움이 될 테니.

나는 농담을 스스럼없이 할 수 있는 사람이 되고 싶었다. 그런 사람들은 분위기를 잘 띄우며 늘 주목을 받는다. 일할 때도, 회식할 때도 어떤 자리에서든 대화를 주도한다. 반면 나는 농담은 개뿔 말조차 잘 꺼내지 못했고 회식 자리에 가면 구석에 앉아 무안한 입을 온갖 안주로만 채우는 사람이었다. 아무튼 나는 그들처럼 유쾌한 사람이 되고 싶었다.

하지만 내가 부러워하는 사람들에게도 고충이 있었다. 내가 매일 밤 하고 싶은 말의 백의 일도 말하지 못한 것을 후회한다면, 그들은 굳이 하지 않아도 될 말을 더한 것을 후회한다며 오히려 진중하고 조용한 내가 부럽다고 했다. 이해될 법도 했지만, 내가 듣기엔 그저 복에 겨운 소리 같았다. 그런데 다시 생각해보니 나 또한 농담으로 던진 한마디로 혼자 오만 망상의 나래를 펼치며 이불킥을 했던 기억이 있기에, 그게 얼마나 큰 고민인지 조금은 이해가 되었다.

내 고민은 가까이에 있기에 항상 커 보인다. 나의 못난 모습을 스스로 들쑤시고 지적한다. 다른 사람을 부러워하고 그와 나를 비교했다. 하지만 다른 사람들도 똑같다. 내가 부러워하는 모습이 그들에겐 고민이 될 수 있고, 스스로 생각하는 나의 못난 모습을 누군가는 부러워할 수도 있다. 재미있는 사람이 되고 싶은 마음이 사라지진 않겠지만, 조금 재미없어도 다른 사람의 얘기에 조용히 귀기울이는 사람이 되는 것도 나쁘지 않은 것 같다.

내가 부러워하는 다른 사람의 모습도,
스스로 못났다고 생각하는 나의 모습도 그 이면에 다른 모습이 있다.
모두 양날의 검이다.

한 디자인 페어를 갔다가 익숙한 브랜드 부스를 보았다. 예전에 다니던 회사에서 나간 플리마켓에서 처음 알게 된 브랜드였다. 그곳은 고구마, 연근, 김부각, 통 대추, 오란다와 같은 웰빙 간식을 파는 브랜드인데, 시식을 할 수 있어서인지 그 브랜드 부스에는 항상 많은 사람이 모여 있었다. 반가운 마음에 나도 하나씩 맛을 봤다. 그러던 중 신세계의 맛을 몇 개 발견하게 되었다. 뻥튀기 같은 곡물 맛에 약간 달고 고소한 노니와 담백하고 바삭하고 고소한 연근이었다. 웰빙 간식을 즐겨 먹지 않는 나조차도 이건 사야지! 하게 하는 맛이었다.

그때 한 여자가 같이 온 일행에게 노니가 너무 맛있으니 한 번만 먹어보라고 권유했다. 하지만 그는 싫다고 절대 먹지 않겠다고 했다. 마침 나도 노니를 맛보고, 그 맛에 놀란 터라 이 새로운 맛을 알게 되면 좋겠다고 내심 바랬지만 그는 끝끝내 먹지 않았다. 판매하는 사람도 민망하고, 권유한 사람도 무안한 상황이었다. 그가 이 맛있는 노니를 맛보지 않은 게 조금 안타까웠다. 물론 색깔도 고추냉이와 같은 초록색인데다가 모양도 울퉁불퉁한 도깨비방망이처럼 생겨서 거부감이 들었을지도 모른다. 그래도 딱 한 입만 먹어보면 생각이 달라졌을 텐데.

사실 나도 그런 적이 있다. 어릴 때 엄마가 진짜 맛있다고 딱 한 입만 먹어보라고 할 때마다 입을 꾹 닫고 고개를 홱 돌린 경험이

용기 내어 시도한 덕에 깨닫게 된 노니의 맛.

있다. 그때 엄마 말을 들었다면 일찌감치 그 맛을 깨닫고 오래전부터 그 맛을 누릴 수 있었을 텐데 말이다. 지금은 없어서 못 먹는 버섯이 딱 그랬다.

처음엔 낯설고 거부감이 들어도 용기를 내어 경험하고 나면 이전의 좋지 않던 인식이 180도로 바뀌어버리는 경우가 종종 있다. 내가 접해보지 않았던 것에 대한 두려움 때문에 시도조차 해보지 않고 포기한다면, 나중에 도전하게 되었을 때 더 일찍 도전하지 못한 것을 아쉬워할 것만 같다. 아직도 나는 처음 접하는 일에 큰 두려움을 느끼는 편이지만, 그래도 예전보다는 용기를 내어 조금씩 도전하는 삶을 살고 있다. 그게 후회가 덜하다. 용기 내어 한 입 먹고 그 맛을 깨달아, 남은 평생 노니를 맛보며 살게 된 것처럼 앞으로 만나게 될 선택의 순간마다 무엇이든 용기 내어 시도해봐야겠다.

오랜만에 많은 사람을 만나, 많은 이야기를 들었다. 어떤 사람은 연인과 헤어지고, 어떤 사람은 연애를 시작하고, 또 다른 사람은 결혼을 하고…. 하루 만에 서로 너무 다른 이야기를 한 번에 입력하게 된 뇌는 과부하 될 지경이었다. 오랫동안 못 만났던 사람들은 그간 쌓아왔던 삶의 이야기를 거침없이 토로해냈다. 회사, 결혼, 육아 등 20대 후반과 30대 중반의 일상을 아우르는 평범한 얘기였다. 30대가 머지않은 우리는 "맞아, 맞아"를 반복하면서 뻔하지만 공감되는 이야기에 고개를 끄덕였다. 결혼 준비에 필요한 스드메 스튜디오, 드레스, 메이크업부터 예랑예비 신랑이나 시부모님과의 의견 대립 등 결혼은 더 이상 낭만이나 로망이 아닌 현실이며, 사랑만 가지곤 결혼하지 못할 나이가 되어버렸다. 나는 결혼을 하게 되면 양가 부모님의 도움 없이 우리 힘으로 소박하게 시작하고 싶은데, 그 자리에서 이 얘기를 꺼냈다가는 아직 현실을 모른다며 몰매를 맞을 것만 같았다. 아직 낭만적으로 살고 싶다는 말은 마음속으로만 외칠 뿐이다. 현실은 참 혹독하다.

　이야기를 이어가다 보니 다른 사람들은 직장생활을 하며 돈을 꽤 벌고 있거나, 돈 많은 사람과 결혼을 해서 나름 돈 걱정 없이 사는 듯했다. 유독 나만 초라해 보였다. 출력이 작아 억지로 3배 정도 볼륨을 뻥튀기해 노이즈가 찌지직거리는 내 10만 원짜리 중고 베이스 기타처럼…. 짧은 공유 오피스 생활을 마치고 어제 바리바리 짐을 싸 들고나와 바로 우유 배달을 마치고 새벽 3시가 되어서

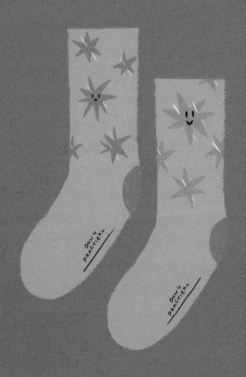

현실적인 말들이 날아와 가끔 아프지만,
나는 꿈을 꾸는 낭만주의자로 살고 싶다.

야 침대에 누웠던 것처럼.

회사를 그만두고, 내 브랜드를 만들겠다고 무작정 뛰어들었을 때 누군가의 실질적인 조언이 있었다면 지금 내 처지는 조금 달라졌을까? 하루 동안 들었던 말들이 마음속 깊이 박혀버려 떼어내기가 쉽지 않다. 내가 가야 할 곳이 어딘지, 내가 바라보아야 할 방향이 어디인지 길을 잃은 것 같았다. 그러다 문득 한 언니의 말이 떠올랐다. 서로의 근황 얘기를 하다가 회사를 그만두고 내 브랜드를 만들기 위해 준비하고 있다는 내 말에, 그 언니가 말했다. "너는 참 다른 사람과 다르게 보통 사람들이 해보지 못한 일을 해내고 있는 것 같아." 맞다. 열댓 명의 이야기를 들었지만, 그중에는 단 한 명도 나와 같은 사람이 없었다. 디자인하는 사람도, 글을 쓰는 사람도, 사무실을 직접 계약하고 자기 브랜드를 만들려는 사람도, 독서 모임에 참여하는 사람도, 세계 여행을 꿈꾸는 사람도 없었다.

애초에 우린 모두 다르고, 다른 꿈을 향해 달려가고 있다. 현실과 조금 멀어질지언정 꿈꾸고 싶다. 현실보다는 꿈과 이상을 좇는 낭만주의자로 살고 싶다. 마음속 깊이 박힌 화살을 내 두 손으로 뽑아내기엔 아직 역부족이지만, 지금껏 가져온 나의 작은 꿈과 가치관이 있기에, 그리고 언제나 내 편이 되어주는 사람들과 함께이기에 조금씩 뽑아낼 수 있을 것 같다.

나는 주변의 시각물을 분석하는 것을 좋아한다. 잡지, 포스터, 책 표지, TV 광고, 내가 구매하는 상품들까지 마구마구 뜯어보고 낱낱이 살펴본다. 그러다 내 마음에 들지 않는 부분이 보이면 거침없이 평가하곤 한다.

  한번은 친구랑 길을 가다 벽에 붙은 광고 포스터를 보고, 톤도 이상하고 모델 얼굴도 칙칙해 아쉽다며 구시렁거리자 친구가 한마디 했다. 왜 그렇게 불만이냐고, 너는 그렇게 찍을 수 있냐는 것이었다. 나의 어쭙잖은 판단을 계속 듣다 결국 폭발했나 보다. 내 실력을 너무 잘 알기에 아무 말도 하지 못했다. 친구의 말처럼 어설픈 경험과 허술한 실력으로 판단했던 것이다. 가끔 새로운 카페에 갈 때도 마찬가지다. 그저 커피 맛을 즐기면 좋으련만, 눈을 굴리며 카페를 분석하기에 바쁘다. 카페에서 나오는 음악의 장르와 노래가 흘러나오는 스피커 브랜드, 메뉴판 폰트와 글자의 자간과 행간, 탁자의 위치와 의자와의 높낮이, 조명의 색온도, 벽지와 문틀의 색깔, 식기류와 사소한 소품까지도 다 분석 대상이 된다. 이런 나의 분석 때문에 실제로 내게 좋은 카페는 몇 군데 없다. 카페에 같이 간 사람은 이런 나의 볼멘소리를 온전히 감당해야 했다. 이래 놓고 막상 내가 카페를 차린다고 하면 내가 만족하는 이상의 반의반도 실현하지 못할 텐데 말이다.

  적어도 남들 앞에서 이런 분석과 평가를 하려면 '너라면 인정'

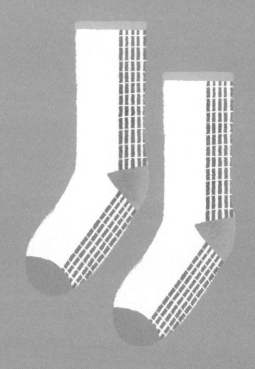

전문가가 되기 위해 실력을 쌓아보자.

이란 말을 들을 수 있어야 하지 않을까? 그게 아니라면 난 그저 불만 많고 예민한 사람이 될 뿐이다. 또한 그것을 평가하는 내 말에는 아무런 힘이 없다. 그러니 다른 것들을 평가하기에 앞서 내 말의 근거와 힘이 되어줄 실력을 쌓아보자.

오늘은 아주 일상적이고 평범한 날이다. 글을 쓰겠다고 카페 한구석에 자리를 잡고 앉아 노트북 키보드에 손을 올려보지만, 글로 쓸 만한 특별한 일이나 매력적인 소재가 없다. 그저 유리창 너머로 지나가는 사람들을 보며 흰 여백에 검은색 글자를 타닥타닥 채워나가고 있다. 그때 식당에서 늦은 점심을 먹으며 읽은 김영하 산문 《여행의 이유》가 생각났다.

　여행은 유목이나 이주가 아니라는 것을. 자기 의지를 가지고 낯선 곳에 도착해 몸의 온갖 감각을 열어 그것을 느끼는 경험. 한 번이라도 그것을 경험한 이들에게는 일상이 아닌 여행이 인생의 원점이 된다.
　지금도 나는 비행기가 힘차게 활주로를 박차고 인천공항을 이륙하는 순간마다 삶에 대한 통제력을 회복하는 기분이 든다. 휴대전화 전원은 꺼졌다. 한동안은 누군가가 불쑥 전화를 걸어오는 일은 없을 것이다. 모든 승객은 안전벨트를 맨 채 자기 자리에 착석해 있다. 아무도 움직이지 않는다. 어지러운 일상으로부터 완벽하게 멀어지는 순간이다. 여행에 대한 강렬한 기대와 흥분이 마음속에서 일렁이기 시작하는 것도 그때쯤이다. 내 삶이 온전히 나만의 것이라는 내면의 목소리를 다시 듣게 되는 것도 바로 그 순간이다. (중략) 뉴욕 시절에 아내가 말했던 그 '여행'은 아마 '일상으로부터의 탈출'을 의미했을 것이다.

　책을 읽는 동안 나는 본캐본래의 캐릭터를 잊고 잠시 작가가 되는 여행을 떠났다. 여행을 떠났다 집으로 돌아오는 것처럼, 책을 다

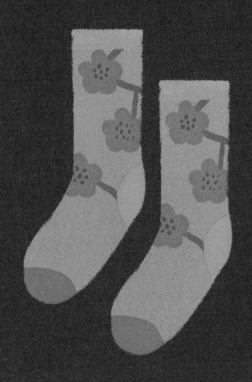

유리창 너머로 보이는 나뭇잎을 꽃으로,
나뭇가지를 줄기로 바꿔보는 낯선 여행.

읽고 나면 본래의 나로 돌아올 테지만.

생각해보면 일상에서 조금만 벗어나도 여행의 기분을 느낄 수 있다. 회사에 다닐 때 짧은 시간이지만 비싼 초밥 세트를 사 먹는 사치를 부리고서는 양재천 산책까지 하며 알찬 점심시간을 보냈을 때도, 행사 준비를 하다 심부름을 다녀오기 위해 근무 시간에 사무실에서 나와 버스를 탔을 때도, 외부 미팅이 있어 평소에 가보지 못했던 낯선 동네를 방문했을 때도, 매일 가던 카페에서도 하늘을 바라보며 좋아하는 음악을 들을 때도 나는 항상 여행의 기분을 느꼈다. 기분 좋은 설렘과 함께.

일상은 날마다 반복되는 생활이다. 즉, 우리에게 익숙하게 되풀이되는 삶이다. 그렇다면 익숙한 것에서 낯선 것으로 향하는 자체를 여행이라고 생각해보면 어떨까? 그럼 좀 더 설레고 행복한 일상을 누릴 수 있지 않을까?

늘 보아왔던 공간, 사람, 오브제, 자연 등을 낯선 시선으로 바라보자. 캐리어에 짐을 꽉꽉 눌러 담고 기차나 비행기를 타고 내가 사는 영통구 영통동 동네를 벗어나는 행위 자체도 여행이겠지만, 날마다 반복되는 일상을 다른 시선으로 바라볼 수 있다면 이것 또한 충분한 여행이 될 수 있지 않을까?

깜깜한 밤, 집으로 돌아가는 길에 좋아하는 아티스트를 기반으로
플레이리스트를 추천해준다는 음악 앱의 새로운 기능이 생각났다.
앱을 켜고 새로운 기능을 실행하니 Bruno Major의 〈places we
won't walk〉가 귓가에 파고들었다. 모든 감각을 또렷하게 만드는
목소리였다. 살짝 스치는 차가운 바람도, 흔들리는 나뭇잎도, 아주
새까만 밤하늘도, 낙엽을 밟을 때마다 들리는 바스락 소리도 괜히
쓸쓸하게만 느껴졌다.

걷는 도중 여느 때와 같이 하늘을 올려다봤다. 온통 새카맸다.
인공위성인지 행성인지 별인지 모를 하나의 빛만 보일 뿐이었다.
손을 눈 주위로 둥글게 모아봐도 가로등, 아파트, 전광판, 자동
차가 뿜어내는 빛을 막기엔 역부족이었다. 언제쯤 수없이 반짝이
는 별을 볼 수 있을까? 수많은 불빛으로 가득한 이 도시에서 별을
보는 건 참 어려운 일이다.

별을 보기 위해서는 캄캄한 곳으로 가야 한다. 희미한 불빛조차
남지 않은 곳에 도착할 때까지 기다려야 한다. 완벽한 어둠으로 향
할 때 우린 비로소 밤하늘에 수 놓인 별을 눈 안에 가득 담을 수 있
을 것이다. 아직 내 인생의 별이 보이지 않는 걸 보면, 나는 아직 내
가 가고자 하는 길에서 만나는 고통과 불안 그리고 여유를 찾을 틈
도 없이 온전히 그것만을 위해 몰두하고 인내하는, 완전한 암흑으
로 갈 준비가 안 되었나 보다. 당장 눈앞에 보이는 희미한 빛을 쫓

밤하늘에 총총 박혀 있는 별.

아 살기보다는 앞이 보이지 않는 어둠으로 인해 불안하고 두려워도 인내하며 조금씩 나아가다 보면 언젠가 별이 총총한 날을 만날 수 있지 않을까?

윗집에서 리모델링을 하는 바람에 매일 공사 소리로 시끄러웠는데, 오늘따라 늘 들리던 공사 소리가 들리지 않아 오늘은 집에서 일을 해보기로 했다. 빛이 들어오는 거실에 앉아 파란 하늘과 빨갛게 노랗게 물든 단풍이 가득한 나름의 마운틴 뷰를 보니 글도 꽤 잘 써질 것 같았다. 그런데 이게 웬일인가? 내가 바깥을 제대로 보지 못했던 건지 아니면 모니터를 들여다보는 사이에 생긴 건지 창문 밖에 사다리가 버젓이 놓여 있었다. 드디어 공사가 끝났다 싶었는데, 오늘이 바로 이사하는 날이었나 보다.

덜컹거리는 소리가 들려 창밖을 내다보니, 사다리 위에 놓인 짐의 반동으로 사다리와 중간에 달린 일곱 개 정도 되는 굵은 쇠줄이 사정없이 휘둘렸다. 그걸 보니 걱정이 들기 시작했다. '사다리 위에 꽉 차 있는 상자 하나가 떨어져서 밑에 있던 사람들이 다치면 어떡하지? 혹 바람이 심하게 불어, 사다리차가 창문을 깨고 집 안으로 들어오진 않겠지? 우리 집 거실엔 커튼이 없는데, 이사 업체 아저씨가 짐과 같이 올라오다가 내 잠옷 차림을 보기라도 하면 어쩌지?' 등 별별 걱정이 다 들기 시작했다.

이렇게 걱정이 많은 나는 평소에도 위험천만하고 끔찍한 상상을 많이 한다. 옷을 꿰맬 때 바늘을 올리다가 내 눈을 찌르는, 강가에서 자전거를 타다 강으로 빠지는, 높은 빌딩의 작은 창문에 몸을 집어넣고 밑을 내려다보다 중심을 못 잡고 떨어지는, 버스와 트럭

쓸모없는 걱정은 발끝으로 흘려보내자.

사이를 운전하며 지나갈 때 그 둘 사이에 끼이는 상상을 한다. 이런 끔찍한 상상은 꿈에서도 이어졌다. 그래도 다행인 건 현실에서는 상상했던 일을 실제로 겪어본 적이 없다는 것이다.

역시나 오늘도 걱정과 달리 아무런 일도 일어나지 않았다. 이사업체 아저씨는 사다리차에 올라가지도 않았고 왔다 갔다 한 것은 그저 가구, 의자, 파란 상자, 노란 바구니와 갖가지 짐뿐이었다. 사다리 위에 놓인 짐들은 조금 흔들거리긴 했지만, 떨어지는 상자 없이 무사히 운반되었다. 운반을 마친 사다리는 밑에서부터 하나씩 차곡차곡 겹쳐 무사히 합체되었다. 그렇게 윗집의 이사가 끝났고, 이제는 오르락내리락하는 소리도 없이 아주 조용하다. 너무 작은 것 하나하나, 쓸모없는 걱정으로 시간을 낭비하지 말자. 대부분 오늘 일처럼 아무 일 없이 지나갈 것이다.

술자리를 그리 좋아하는 편은 아니지만, 그 순간들을 방울방울 추억하게 하는 노래가 있다. 술잔을 부딪치며 나눈 대화들, 가끔 있었던 아찔한 실수마저 아름다운 추억으로 포장해주는 노래.

대학생 때의 술자리는 그야말로 술에 의한, 술을 위한 자리였다. 사진학과에는 전통이 하나 있었는데, 현상 탱크(촬영한 필름을 현상하는 용기)에 술을 넣은 뒤 한 사람씩 차례대로 마시는 것이었다. 이외에도 여러 가지 전통과 의식 같은 행위들이 있었다. 오만 가지의 이유를 붙여서 술을 마시고, 술로 흥을 돋우는 그런 자리가 난 썩 마음에 들지 않았다. 선배의 농담을 재미있게 받아칠 센스도 없었고, 춤을 추거나 노래를 부를 수 있는 흥도 없었다. 선배의 말에 그저 어색한 웃음을 짓거나 짧은 대답만 하고, 안주만 먹고 또 먹을 뿐이었다. 그러니 술자리가 재미없을 수밖에.

그런데 졸업 후, 직장에서 만난 내 또래의 동료들과 함께하는 술자리는 꽤 나쁘지 않았다. 강요하는 사람도, 눈치 주는 사람도 없이 자유로웠다. 잘 모르고 먹었던 술은 쓴 추억으로 남았지만, 좋아하는 사람들과 함께하는 술의 맛은 기분을 좋아지게 했다. 사람들이 왜 그렇게 술자리를 좋아하는지 조금씩 이해할 수 있을 것 같았다.

그렇다고 술에 취하거나 술기운을 빌려 기분전환을 하고 싶지는 않다. 음식을 먹을 때 느끼함을 살짝 달래줄 수 있는 가벼운 스

시원한 스파클링.

파클링 와인이나 친구와 테라스에서 대화하면서 먹는 글라스 와인한 잔, 밤을 지새우며 골머리를 앓았던 외주 작업을 끝내고 나 자신을 다독이며 마시는 맥주 반 잔 정도가 딱 좋았다. 그 이상도 그이하도 아닌 딱 그만큼만. 대화에 곁들여 넘기는 시원한 음료 같은술 한 잔. 몽니의 〈술자리〉란 노래처럼 청량하게.

카페에 앉아 창밖을 내다보니 바퀴가 작은 아동용 자전거 페달을 힘겹게 밟으며 지나가는 아이. 횡단보도 건너 킥보드 위에 서 있는 아이. 그리고 도로에는 자동차 수십 대가 빠르게 달리고 있다. 앞으로 나아가기 위해 계속해서 발을 움직여야 하는 자전거와 킥보드에 비해 자동차는 비교적 쉽고 빠르게 시야에서 사라진다. 자동차는 오른발을 까딱이며 브레이크와 엑셀을 조절하고, 손으로 핸들을 조종하기만 하면 스스로 굴러간다. 하지만 자전거나 킥보드와 달리 면허가 있어야만 운전을 할 수 있다. 자동차뿐만 아니라 오토바이도 마찬가지다. 면허를 따고 연수를 받으면 자동차, 오토바이로 내가 원하는 곳을 쉽고 빠르게 갈 수 있다. 나도 어릴 때는 빨리 운전을 배우고 싶었다. 예쁜 분홍색 스쿠터를 타고 등교하는 대학생이 되고 싶었기 때문이다.

하루빨리 어른이 되어 면허도 따고, 자동차도 사서 멋있게 운전하고 싶었지만, 한 살 한 살 자라는 과정 없이 눈 깜짝할 사이 어른이 될 수는 없었다. 탈 수 있는 게 킥보드나 자전거밖에 없는 어린 시절을 거쳐야만 어른이 될 수 있었다. 우리는 모두 갓난아기를 지나 어린이, 청소년, 청년의 시절을 거치며 점차 성장한다. 그 과정에서 경험하고 도전하면서 앞으로 한 발씩 나아갈 수 있다. 그리고 이리저리 부딪히고 깨지고 깨닫는다. 내 힘으로 콩콩 땅을 짚고 앞으로 내달리는 과정을 반복해서 경험하다 보면 어느새 노련해지고, 성숙해진다. 우리가 킥보드를 타는 시절을 꼭 겪어야만 자동차

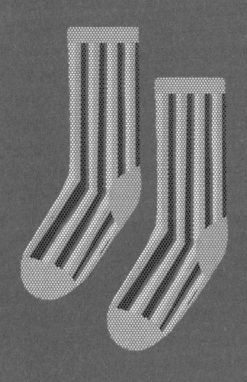

세로 방향으로 차례차례 진행되는.

를 탈 수 있는 나이가 되는 것처럼, 넘어지고 다시 일어서고 또 달리는 과정을 지나고 나면 어딘가를 향해 쌩쌩 달릴 수 있는 진짜 어른이 된다.

⓪⑥③ 떨어지는

가을이 왔다. 빨간 단풍잎과 노란 은행잎이 떨어져 낙엽이 구르는 가을. 낙엽을 밟을 때 나는 바스락 소리가 좋아서 땅만 보며 낙엽 길만 찾아다닌 적도 있다. 바삭해진 낙엽이 바람에 따라 데구루루 뒹군다. 바람이 데리고 왔는지 아파트 현관 안에도 엘리베이터 안에도 낙엽이 덩그러니 놓여 있다.

쌀쌀한 바람에 낙엽이 뒹구는 이 계절은, 아직 기모 맨투맨과 재킷이면 충분히 체온을 지킬 수 있다. 두툼한 옷감으로 포근함이 감돌고, 옷이 닿지 않는 얼굴과 손을 에워싸는 차가운 공기가 느껴지는, 내가 정말 좋아하는 날씨의 계절. 일주일 정도 지나면 남아 있는 나뭇잎이 모두 떨어지고 코끝 시린 겨울이 오겠지. 가을은 너무 짧다. 즐길 새도 없이 껑충껑충 지나가 버린다. 높은 하늘, 쨍쨍한 햇살과 함께 한 해 동안의 수고가 열매를 맺는 이 계절이 지나면, 나무는 앙상한 가지만 남겠지. 겨울이 오기 전 얼마 남지 않은 이 가을을 온전히 즐겨야겠다. 그리고 머지않아 다시 돋아나는 새싹과 함께 찾아올 그다음 봄을 기다려야지.

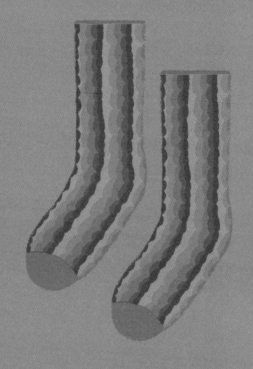

우수수 떨어진 낙엽.

매일 밤, 침대에 누워 오늘 있었던 일에 대한 생각, 후회, 걱정, 불안, 비교 이런 것들로 머리를 굴리다 잠이 들곤 한다. 그렇게 잠들고 나면, 거의 매일 자기 전 생각했던 것들 그대로 꿈을 꾼다. 하루에 옴니버스처럼 여러 가지 꿈을 꾸기도 하고, 꿈속에서 꿈을 꾸기도 한다. 꿈은 그날 내가 있었던 장소, 만난 사람, 생각이나 상상 등 현실 속 어느 한 조각과 이어져 있곤 했다. 꿈에 등장한 인물이 생뚱맞아 보여도, 꿈을 꾼 다음 날 '이 사람이 갑자기 왜 꿈에 나타난 거지?' 하고 곰곰이 생각해보면 전날 SNS에서 우연히 그의 피드를 보았다던가, 업데이트된 그의 메신저 프로필을 보았던 게 무의식에 남아 있었던 것이다. 특히 안 좋은 일이나 스트레스를 받았던 날에는 꿈속 요주 인물로 등장해 나를 괴롭게 했다. 스트레스가 지속되면 그냥 꿈이 아닌 악몽과 가위에 시달리기도 했다. 가위에 눌릴 때면 누군가 가슴을 짓누르는 듯한 고통이 느껴졌다. 목이 졸린 채 팔을 붙잡혀 움직일 수 없는 느낌이 들 때도 있었다. 고통스러울 정도로 간지럽기도 했다.

꿈을 꾸거나 악몽과 가위에 시달린 다음 날에는 정신은 멍하고 머리는 띵하고 눈은 퀭한 상태로 아침을 맞이하게 된다. 깨어 있어도 어지럽거나 무기력하고, 집중이 되지 않는다. 결국 하루가 지난 다음 날에도 이전의 생각을 온전히 비워내지 못한 채 계속 어제의 일을 다음 날까지 가지고 살게 된다. 이제는 잠과 함께 부정적인 생각도 함께 잠재울 수 있도록, 잠들기 전 침대에서 떠올리는 생각

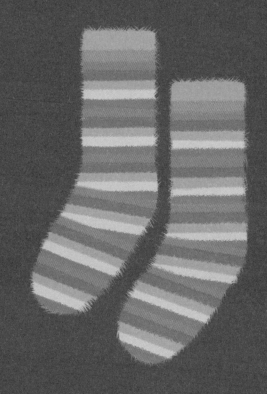

잠들기 전, 부정적인 생각을 포근한 수면 양말에 채워보자.

을 바꿔보는 건 어떨까? 이를테면 '내일 점심은 뭐 먹지?' '이번 주말에는 어디 가지?' 하는 가벼운 생각 말이다. 잠과 함께 리셋하고 다음 날, 새로운 하루를 시작해보자.

오랜만에 자소서자기소개서를 썼다. 고정적인 수입을 위한 새로운 아르바이트가 필요했기 때문이다. 어떤 아르바이트를 할지 고민하다가 프랜차이즈 카페에 지원하기로 했다. 사이트에서 이력서와 자소서 양식을 내려받아 살펴보니 성장 과정, 지원 동기 및 포부, 성격의 장단점과 같은 질문들을 볼 수 있었다. 자소서라고는 대학교를 막 졸업하고 세상에 갓 나왔을 때 쓴 게 다였기에 어떤 걸 중점적으로 써야 할지 감이 오지 않았다. 경력과 경험을 근거로 한 담백한 소개가 아니라 감성적인 에세이를 쓰게 될 것 같아 겁이 났다. 두괄식이 좋다는 것과 "저는 어렸을 때부터 화목한 가정에서 자라"라는 나쁜 예는 알고 있었지만 그뿐이었다. 검색창에 '자소서'를 검색했더니 나와 같은 고민을 하는 동지들, 나를 어떻게 표현해야 하는지 모르는 사람들을 발견할 수 있었다. 연관 검색어에는 합격자 예시, 첨삭 대행, 강의, 책 등 자소서와 관련된 정보가 수두룩했다.

검색 결과를 살펴보니 다 똑같은 말이었다. 나의 이야기 안에서 기업의 가치관과 맞는 포인트를 찾아내야 한다는 것이다. 웹사이트에 올라와 있는 합격자 샘플이 아무리 좋다고 한들 그것은 그들의 이야기일 뿐이었다. 그 무엇보다 나를 먼저 알아야 했다. 나는 나를 얼마나 알고 있을까? 막막했다. 나를 소개할만한 경험이나 이야깃거리가 부족했다. 특별한 신념 같은 것도 없었다.

시곗바늘을 돌린다고 해서 시간을 돌릴 수는 없지만,
지난 시간을 되돌아보고 앞으로 마주할 시간을 준비해보자.

평소에 꾸준히 일기를 쓰고, 그 기록과 함께 나를 돌아보는 시간을 가졌다면 어땠을까? 그나마 다행인 건 요즘은 글을 쓰면서 가끔이라도 나를 돌아보고 있다는 것이다. 무엇이 되었든, 무엇인가를 계속해서 끄적이고 있다. 그 과정에서 때때로 어제의 나, 그저께의 나, 두 주 전의 나를 되돌아본다. 조금씩 나를 돌아보며, 스스로에 대해 알아가고 있으니 시간이 지날수록 더 자신 있게 나를 소개할 날이 올 거라 믿는다.

요즘은 포털사이트에서 검색한 내용이 곧바로 웹사이트 귀퉁이 또는 SNS 광고로 자주 등장한다. 펫 의류 회사에 다닐 때 강아지와 관련된 용품들을 검색했더니 내가 강아지를 키우는 줄 알았는지 SNS 피드에 사료, 간식, 용품, 장난감 광고가 가득 찼던 적도 있다. 말도 안 되게 빠른 알고리즘에 어처구니없어 웃음이 나오기도 하고 감탄스럽기까지 했다. 내가 입력한 검색어에 따른 정보와 광고가 쏟아지는 세상이라니. 그런 광고들은 자극적인 제목으로 사람을 끌어들인다. 한 번만 나를 봐달라는 듯 광고와 광고끼리 치열한 싸움을 하는 것 같기도 하다. 닫기 버튼을 집중해서 정확히 클릭해야 그 창을 겨우 닫을 수 있을 정도다.

이렇게 뜨는 광고들을 살펴보면, 제품을 홍보하는 광고는 무조건 우리 제품이 최고라고 한다. 강의나 챌린지 광고는, 이 강의만 들으면 무조건 누구나 손쉽게 성공할 수 있다고 속삭인다. 이런 광고를 통해 좋은 강의를 알게 되어 새로운 도전을 할 수 있었고, 많은 정보와 도움을 얻었던 것도 사실이다. 하지만 "누구나 할 수 있어." "월수입 1,000만 원 이상 쉽게 벌 수 있어요." 같은 홍보 문구를 보면 기분이 썩 좋지 않다. '누구나'와 '쉽게'라는 말이 너무 쉽다.

어쩌다 보니 나도 7개의 강의 사이트를 구독하게 되었는데 그 중에는 도움이 되는 내용도, 알맹이가 없는 내용도 있다. 진짜 귀중한 정보는 어떻게 찾을 수 있을까? 겉으로만 예쁘게 포장되어 그

겉보기에만 좋아 보이는 것들 속에서
알맹이가 있는 진짜로 향하고 싶다.

럴싸해 보이는 것 말고 진짜 빛나는 알맹이는 어떻게 알아챌 수 있을까? 정말 간절한 사람은 '진짜'를 구분해낼 수 있을까? 그보다 나 또한 '진짜'가 될 수 있긴 한 걸까? 나 또한 나를 드러내기 위해 자극적이고 거짓된 글을 쓰고 있는 건 아닐까?

나를 이끌어줄 누군가와 어떤 것을 만날 수 있었으면 좋겠다. 그리고 분별없는 사회 속에 '진짜'를 찾을 수 있는 지혜와 '진짜'로 나아갈 힘이 있었으면 좋겠다.

단단한

하마터면 엉엉 소리 내 울 뻔했다. 나는 누군가에게 거절당하면 아주 쉽게 멘탈이 부서지는 편인데, 이번에도 내 멘탈은 너무도 쉽게 무너졌다.

얼마 전, 크라우드 펀딩 사이트에서 디자인 굿즈 프로젝트를 진행할 브랜드를 모집한다는 소식을 들었다. 자세히 알아보니 설정한 목표 금액 이상을 달성한 뒤 제품을 생산하는 시스템이라, 브랜드를 시작하는 나에게도 정말 좋은 기회였다. 이 기회를 놓칠 수없어 밤새 포트폴리오를 만들어 지원했다. 시간이 흘러 발표날이되어 오매불망 연락만 기다리고 있는데, 오후가 되어도 연락이 없어 초조해졌다. 온종일 메일함만 들여다보며 새로 고침을 눌렀다. 혹시나 선발된 사람의 소식이 올라와 있지는 않을까 싶어 SNS에 해시태그를 검색해보기도 했다. 검색해보니 벌써 두 군데나 선발되었다는 피드가 올라와 있었지만, 두 시간이 지나도록 메일은 오지 않았다.

처음에는 이 결과를 부정하고 싶었다. 한 사람씩 메일을 보내다보니 늦어지는 걸 거야. 아직 퇴근 시간도 되지 않았는걸. 그러다며칠 전 메일함에 있던 광고 메일을 모두 다 스팸 처리했던 게 기억나 이곳도 수신 거부를 한 것은 아닐까 걱정했다. 스팸 메일함도확인해보고, 지원서에 메일 주소를 잘못 적었나, 내 메일이 빠진건 아닌가 걱정하며 계속 확인했지만, 메일은 오지 않았다. 그러다

나에겐 계획이 많이 남아 있다는 단단한 마음이 필요하다.
돌처럼 단단한 마음.

결국은 왜 선발되지 않은 사람에게는 메일을 보내지 않는지, 발표 날짜만 공지하고 시간은 공지하지 않은 것에 대해 투덜거리기도 했다. 그다음엔 내 실력과 신세를 한탄하며 울다가 웃었다.

기다리다 지친 나는 크라우드 펀딩은 포기하고 아르바이트라도 찾자는 심정으로 메일함을 한참을 들락거렸는데, 어느새 메일함에 '1'이라는 숫자가 떠 있었다. 기대를 버렸던 터라 미처 수신 거부하지 못한 또 다른 광고일 거라 생각했다. 하지만 보낸 사람이 크라우드 펀딩 사이트였다. 그렇게 나는 간절히 바라고 원하던 프로젝트에 선발되었다는 메일을 받았다.

짧은 시간이었지만, 수없이 왔다 갔다 하는 많은 생각 속에서 좌절을 맛보았다. 그 맛이 너무도 썼기에 이제는 연습이 필요하다는 것을 깨달았다. 거절당하는 연습. 다음에 정말로 거절당하는 순간을 마주하게 된다고 해도, 내가 거절당한 건 수없이 많은 계획 중 하나일 뿐이며 나에겐 다른 계획이 남았다는 것을 잊지 말자. 수많은 계획으로 계속 도전하며 거절당하다 보면 거절에도 마음이 단단해지는 습관이 생길 거라고.

나는 교회 찬양팀에서 5년째 베이스 기타를 치고 있는데, 오늘은 찬양팀 연습이 있는 날이었다. 눈을 떠 보니 연습 시간이 7분 정도 지난 뒤였다. 맙소사. 엄청난 지각이었다. 엄마가 회사 가는 길에 데려도 준다고 해서 부랴부랴 머리만 감고, 말리지 못한 머리에서 물이 뚝뚝 떨어졌지만 그대로 출발했다. 한시가 급했다. 아파트를 나서는 길, 우수수 떨어진 은행잎으로 가득한 노란 물결과 바람에 흩날리는 나뭇잎을 보며 예쁘다고 감탄하는 엄마의 말에 창밖을 1초 정도 감상하곤 스마트폰으로 시간만 확인했다. 신호등 빨간불은 어쩌나 길고 어린이 보호구역은 왜 이렇게 많은지 속절없이 흐르는 시간에 발을 동동 굴렀다. 연습실에 도착하자마자 미안한 마음에 숨도 고르지 않고 악기 세팅을 하는데, 마음만 급해 평소와 달리 잘 안되었다. 겨우 세팅을 끝내고, 연습을 진행했다. 미안한 마음에 어떻게 연습했는지도 기억나지 않는다.

　연습이 끝나고 나서야 어느 정도 마음이 진정되었고, 정신을 차려보니 이후 약속 시간까지 조금 여유가 있어 혼자 카페에 들어가 창가에 앉았다. 분주했던 아침과 달리 아주 여유로웠다. 비록 30분도 채 안 되는 시간이었지만 창밖으로 흩날리는 나뭇잎을 넋 놓고 감상했다. 잔잔한 피아노 연주곡까지 흘러나오자 앙상한 나무에 대롱대롱 달린 나뭇잎이 흔들리는 모습마저 전부 아름답게만 느껴졌다. 한시가 급했던 아침엔 보이지 않던 가을이 그제야 보였다. 그리고 그것을 온전히 느낄 수 있었다. 앞만 보고 달리다 보면, 미

빛의 궤적이 남는 것처럼 느리게 줄을 그은 낙엽의 색.

저 보지 못하고 지나가는 것들이 생길 수 있다. 오늘 아침, 노랗게 물든 가을을 보지 못한 것처럼 말이다. 최대한 느린 마음을 가져보자. 느긋한 마음으로 고개를 들어 주변을 바라보자. 그때만이 볼 수 있는 아름다움을 누릴 수 있을 테니.

한때 힙합에 빠졌던 때가 있었다. 내가 좋아하는 래퍼는 해쉬스완, 나플라, 그레이, 우원재 등이 있는데 제일 좋아했던 건 우원재다. 우원재를 좋아하게 된 건, 알만한 사람은 다 아는 〈Show Me The Money 6〉의 산타 라임 때가 아니었다. 평소 힙합에 전혀 관심이 없었지만, 우연히 보게 된 TV 프로그램 〈고등래퍼 2〉에서 어린 학생들이 좌충우돌하며 열정을 다하는 모습이 너무 귀여워, 계속 방송을 시청하던 중에 빈첸과 함께 피처링으로 우원재가 깜짝 등장한 무대에 반해버리고 말았다. 그렇게 힙합에 빠져 뒤늦게 그가 출연했던 〈Show Me The Money 6〉를 찾아보다 명장면 "우찬아 괜찮아 울어도 돼 사실 산타는 없거든"에 소름이 돋아 입을 틀어막아 버렸다. 그때 이후 내 플레이리스트는 우원재 노래로 가득 찼다.

그뿐만 아니라 친구와 함께 힙합 페스티벌에 가기도 했다. 난생처음 간 페스티벌에서 무대 위 생수가 객석에 뿌리기 위한 것임을 깨달았다. 물을 맞아 물과 내 땀이 섞인 찝찝한 상태인 것도 모른 채 발이 땅에 붙을 새도 없이 방방 뛰면서 즐겼다. 우원재의 〈시차〉라는 노래가 시작될 때는 달달 외운 가사를 함께 불렀다.

이렇게 그를 열렬히 좋아했던 나는 그가 나의 끝 사랑일 줄 알았지만, 이 사랑도 그리 오래가지 못했다. 나는 금방 사랑에 빠지는 사람이기도 했지만 금방 사랑이 식는 사람이기도 했기 때문이다. 오로지 하나만 보일 정도로 무언가 뜨겁게 사랑해본 적이 있

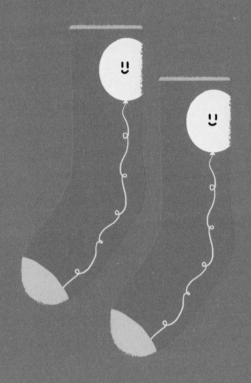

내가 좋아하는 스타를 위해 풍선을 흔들 수 있는 열렬함.

었을까? 연예인의 팬클럽에 가입한다거나, 내 물건을 온통 그들의 얼굴로 도배하거나, 선물과 편지를 보내고 앨범을 살 정도로 누군가를 사랑해본 적이 없다. 열렬히 무언가에 빠졌던 추억이 있는 사람이 부럽기도 하다. 나의 진짜 스타는 아직 만나지 못한 걸까? 완전히 무언가에 몰입해본 사람이 상기된 목소리와 초롱초롱한 눈으로 그것에 대해 이야기하는 걸 보면 무엇인가를 향한 그 열정이 부럽기도 하다. 연예인이든, 위대한 인물이든, 어떤 브랜드든, 어떤 취미든 간에 언젠가 온전히 그리고 열렬히 좋아할 수 있는 나의 스타를 만나게 되는 날이 왔으면 좋겠다.

⑦ 감사한

우리 교회에서는 매년 11월 셋째 주를 추수감사주일로 기념한다. 추수감사주일이 되면 단상을 예쁜 꽃과 풀, 과일 모형으로 꾸미며, 각자 정성스러운 과일을 하나씩 가져와 바구니에 담아 이웃과 나누기도 한다. 특별히 올해는 예배 중 감사 카드에 감사한 일을 적는 시간이 있었다. 세 가지쯤 적고 나니 감사한 일이 딱히 생각나지 않았다. 나는 감사 카드보다는 불평 카드에 적을 내용이 훨씬 많은 사람 같았다. 하지만 차근차근 생각해보니 감사할 일들이 많았다. 첫 직장에서 보낸 시간은 나를 시들게만 한 것 같지만, 세월이 지나고 보니 삶의 경력으로 자리 잡았다. 그 시간이 지금의 나를 만들어주기도 했다. 모은 돈 없이 퇴사하는 바람에 가벼운 주머니로 20대 끝자락에 서 있게 되었지만, 돈으로 살 수 없는 경험을 했다. 코로나 때문에 할 수 있는 것과 갈 수 있는 곳이 줄었지만, 대신에 생각할 수 있는 시간이 많아졌고 일상이 얼마나 소중한지도 알 수 있게 되었다.

그런데도 나는 여전히 불평이 많은 사람이었다. 그중 나의 가장 큰 불평은 좁은 인간관계에 있었다. 부끄럼이 많았던 나는, 여러 친구 사이에서 분위기를 살리고 다수의 친구와 잘 어울리는 친구가 부러웠다. 나는 친구가 많지 않았고 중학교, 고등학교, 대학교, 학원과 회사에서 조금씩 조금씩 인연을 쌓아왔다. 그 시절엔 좁은 인간관계가 만족스럽지 않았지만, 지금 다시 생각해보니 적지만 소중한 내 사람들에게 집중했기 때문에 진득하게 그 연을 이어나

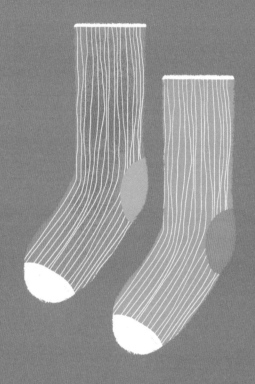

나의 인연처럼 좁고 길게 그려진 선.

가며 그들과 많은 시간을 함께할 수 있었던 것 같다. 불평의 이유도 달리 생각하니 감사의 이유가 되었다.

전혀 다른 길을 걷고 있지만, 언제나 내 말에 귀 기울여 주고 내 편이 되어주는 사람들. 정신없이 바쁘다는 이유로 어쩌다 한 번 연락해도 어제 본 것처럼 얘기할 수 있는 그런 친구들. 꼭 만나지 않더라도 가끔 주고받는 메시지로 서로의 안부를 물을 수 있는 친구들. 뜬금없이 '굿밤~' '맛점!'이라고 인사를 남길 수 있는 그런 친구들. 쭉 이어진 좁고 깊은 나의 인연이 유독 감사해진다.

하루 24시간 중 생각을 정리하기에 좋은 순간이 있다면, 잠을 청하려 두 눈을 꼭 감는 그 찰나를 꼽을 수 있다. 잠들기 전, 아이디어가 떠오르면 그 생각을 꼭 붙잡아두고 싶어 머리맡에 있는 스마트폰을 켠다. 며칠 전에도 잠을 자려고 눈을 감았는데 어떤 문구가 갑자기 생각나서 스마트폰을 켜 메모장에 적어두고는 다시 잠금 버튼을 눌렀다. 그런데 얼마 후 또 다른 아이디어가 번뜩 떠올라 다시 스마트폰을 켰다. 두 번째 메모를 정리하고 얼마나 지났을까? 느닷없이 내일 해야 할 일이 생각나서 또 스마트폰을 켰다. 그렇게 서너 번 눈을 감았다가 뜨고, 스마트폰을 껐다 켜기를 반복했더니 번쩍이는 스마트폰 화면의 빛으로 눈부심 공격 일명 눈뽕을 당해 쉽게 잠들지 못했다.

그래서 한번은 '시리'를 불러 음성 메모를 시도했다. 하지만 그 과정도 결코 쉽지 않았다. 시리는 내 목소리를 잘 알아듣지 못했고, 내 목소리를 알아들었다고 해도 "우선 아이폰을 잠금 해제하셔야 합니다"라고 하는 바람에 결국 눈을 뜨고 face ID를 인식해야 했다. 어두운 화면에서 내 얼굴은 인식이 되지 않았고, 결국 화면 밝기를 좀 더 밝게 하거나 비밀번호를 입력해야만 했다. 우여곡절 끝에 음성 메모를 하긴 했지만, 내 머릿속에 떠오르는 이미지를 글이나 그림이 아닌 말로 표현하기엔 한계가 있었다.

잠들기 전에 빛이 없어도 메모할 방법은 없을까? 큰 전지를 침

연필로 끄적인 것처럼 그냥 휘갈겨본 동그라미.

대 옆에 붙여놓고 연필 하나만 딱 머리맡에 두고 잠을 청해볼까? 아니면 메모지와 펜을 뒀다가 생각날 때마다 기록하고 침대 헤드에 붙여볼까? 이참에 보이스 레코더와 같은 기기를 하나 장만해야 할까? 고민 끝에 하나의 방법이 떠올랐다.

눈을 감은 채 손의 감각에 의지해 다이어리에 메모하는 것이었다. 다음 날 아침이면 메모 내용을 알아보기 힘들 수도 있지만, 글과 그림을 단서 삼아 추리하다 보면 어떤 생각을 했는지 알 수 있을 거라 기대하면서 말이다. 머리맡 오른쪽에 다이어리를 펼쳐두고 그날 날짜 페이지가 어느 쪽에 있는지 살핀 후, 펜을 꽂아 두고 누웠다. 그리고 잠들기 전 떠오른 생각을 기록하기 위해 어둠 속에서 펜과 다이어리를 들었다. 다음 날 아침, 다이어리를 살펴보니 이 방법은 꽤 성공적인 것 같았다. 많은 양의 메모에도 겹치는 부분이 거의 없었다. 다만 아침에 일어나 바로 어떤 뜻인지 유추해야만 했다. 안 그러면 메모 내용의 의미를 추리하는 것이 꽤 힘들어질 것 같기 때문이다. 이 방법을 얼마나 사용하게 될지는 모르겠지만 이번은 대성공이다. 잠도, 아이디어도 놓치지 않았다!

부산에 살았던 학창 시절, 수업이 끝난 뒤 콘 아이스크림을 먹으며 지하철역 두 개 정도 되는 거리를 굳이 빙빙 돌아 바다를 보며 걸어서 집으로 갔던 기억이 있다. 이사를 하게 되어 학교와 집의 거리가 더 멀어졌을 때도 2시간가량을 걸었다. 시험 기간이면 수업 내용을 정리해놓은 종이를 보며 걸을 정도로 걷는 것을 좋아했다.

그런데 요즘은 지하철역 하나의 거리도 대중교통을 이용하거나 차를 타고 다닌다. 짐이 많다는 핑계로, 시간이 없다는 이유로 걷는 시간이 많이 줄었다. 몸은 편해졌지만, 빠르고 편리하게 이동하는 만큼 생각할 시간도 빠르게 지나갔다.

그러다 간혹 마음 내킬 때 걸어서 집에 가는 날이면 《낱말의 양말》의 주제가 생각나기도 하고, 어떤 아이디어가 떠오르기도 한다. 스마트폰을 주머니에 넣고 걸으면, 넓은 풍경을 바라볼 수 있다. 책상에 앉아 내 앞에 놓인 일에 집중하다 못해 매몰되는 순간, 밖으로 나와 주변의 공기, 나무와 하늘을 바라보면 머릿속을 가득 채운 것들이 정리되기도 했다. 앞을 향해 걸어갈 때 복잡했던 생각은 비워지고 새로운 생각이 들어오기도 한다. 가끔 내 삶이 피로할 때, 생각이 꽉 막혔을 때 스마트폰을 내려놓고 걸으면서 쉼을 가져보는 건 어떨까?

멈춰 있는 것 같지만, 자세히 보면 앞으로 나아가고 있는 패턴.

집으로 들어가는 길, 입구에 세워져 있는 오토바이를 지나 엘리베이터가 내려오길 기다렸다. 엘리베이터 문이 열리자 라이더로 보이는 한 사람이 내렸고, 그의 스마트폰 너머에서 "빨리 가!"라는 다급한 목소리가 들렸다. 오토바이로 달려가는 그의 모습이 어쩐지 다급해 보였다. 배달 실수를 한 건지 항의 전화가 왔던 건지 알 수 없었지만, 달려가는 그를 보니 '제발 다치지 않고 조심히 운전해서 가게 해주세요'라는 마음이 들었다. 기도라고 하기엔 너무 거창하고 어쨌든 잠시 스쳐 간 그가 다치지 않았으면 했다.

그런데 갑자기 그가 무사하길 바랐던 마음이 뭔지 궁금해졌다. 동정은 아닌데 그렇다고 소망, 염원이란 단어를 쓰기도 참 애매하다. 엘리베이터를 타고 집으로 올라오면서, 집에 도착해 샤워를 하면서도, 쌀을 씻고 밥을 안치면서도 이 감정을 어떤 단어로 표현할 수 있을지 골똘히 생각해봤지만, 도저히 떠오르지 않았다. 잠들기 전, 불을 끄고 침대에 누워 생각을 곱씹다 결국 답을 찾았다. 캄캄해서 잘 보이지 않았지만, 며칠 전부터 시도하고 있는 방법대로 머리맡에 놓인 다이어리에 지금의 감정을 써 내려갔다. 그리고 다이어리 한구석에 적은 한 문장. "사람이니 사람을 위해." 그래. 이건 그저 사람이기에, 사람을 향한 당연한 감정이었다.

며칠 전 읽은 김영하 산문 《여행의 이유》에는 아델베르트 폰 샤미소Adelbert von Chamisso의 《그림자를 판 사나이》가 언급된 부

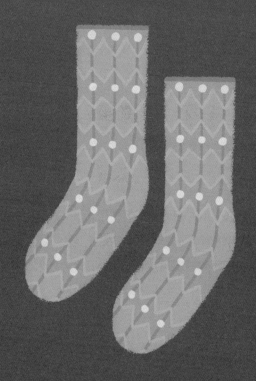

서로 손을 잡고 있는 사람 기호의 패턴이 숨어 있다.

분이 있다.

　주인공 슐레밀은 우연히 어떤 파티에 참석해 신비한 인물을 만나 이상한 제안을 받는다. 그림자를 팔라는 것이다. 그 대가로 주인공은 무엇이든 마음대로 꺼낼 수 있는 '행운의 자루'를 받는다. 그림자라는, 평소에는 신경도 쓰지 않던 무언가를 파는 대신, 엄청난 부를 얻은 것이다. 하지만 주인공은 곧 그림자가 인간에게 매우 중요하다는 것을 깨닫게 된다. (중략) 이 이야기는 그러므로 이렇게 읽을 수 있다. 만약 사회 안에서 사람들과 함께 살아가야 한다면 사람을 사람으로 만드는 것, 즉, 그림자가 절대적으로 필요하다. 평소에는 있는지 없는지조차 신경 쓰지 않는 것들, 그러나 잃고 나면 매우 고통스러워지는 것들. 그 그림자를 소중히 여겨라.

　내가 느꼈던 감정, 사람이니 사람을 위한 이 마음은 당연한 것이었다. 하지만 꺼내어 들여보지 않으면, 어떤 말로 정의하기 어려울 정도로 존재감이 없다. 아마도 그날 나는 신경도 쓰지 않았던 나의 '그림자'를 잠시 뒤돌아본 게 아니었을까?

내가 좋아하는 TV 리얼리티 프로그램이 있는데, 〈어서 와 한국은 처음이지?〉이다. 이 프로그램을 보면 우리에겐 너무도 익숙하지만, 외국인들에게는 한없이 낯선 것들을 향한 그들의 시선이 어떤지 알 수 있다. 우리가 먹는 찌개, 떡볶이, 낙지탕탕이, 회 같은 음식을 신기해하며 호기심 반 걱정 반으로 그 음식을 입으로 가져가는 모습, 밤이면 화려하게 반짝이는 간판들이 쭉 이어진 골목을 보고 경이롭다고 표현하며, 우리가 늘 걷는 길거리를 보며 신기해하며 카메라에 그것을 담는 모습을 볼 수 있다. 늘 우리 곁에 있는 친숙한 것을 바라보는 외국인들의 시선과 생각을 엿볼 수 있어서 은근히 재미있다.

버스를 타고 가다가 너무도 익숙한 상가 바로 옆에서 신호가 걸려 멈춰 섰다. 멈춰 있는 동안 그곳을 멍하니 바라봤다. 익숙했던, 아니 사실은 신경 쓰고 있지 않았던 모든 게 생소하게 다가왔다. '이 상가에 은행이 있었나?' '같은 상가에 휴대전화 대리점이 세 개나 있었구나.' '늘 가던 닭강정 가게 간판이 이런 폰트였구나.' '이 상가 안에는 몇 개의 상점이 있을까.' '맨날 지나가던 곳인데 상가 이름도 몰랐구나.' 하는 등 여러 생각이 겹쳤다. 마치 외국인이 된 것처럼 모든 것이 생경하게 다가왔다. 이 낯섦을 구체적으로 설명하긴 힘들지만, 익숙한 동네임에도 불구하고 마치 처음 온 동네같이 느껴지는 묘한 기분을 느꼈다. 신호가 걸린 잠깐의 시간 동안 나는 잠시 이방인이 되었다. 깊숙하게 들여다봄으로써 익숙함에서

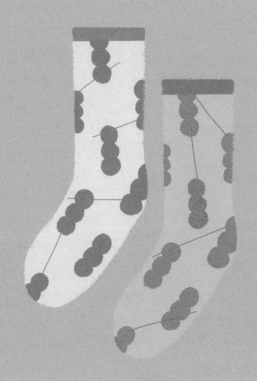

새로운 시선으로 자세히 바라보자.
우리가 알고 있던 분홍색은 알고 보면 하늘색일지도 모른다.
그 틈새를 찾아내자.

낯섦을 찾을 수 있었다. 이렇게 새로운 시선으로 대상을 자세히 바라본다면, 평소에는 찾지 못한 다른 세계로 통하는 틈새를 발견하는 날이 올지도 모르겠다.

오늘 문득 사진이 있어서 정말 다행이라는 생각이 들었다. 쉽게 지나가는 일상의 순간을 포착해 사각 프레임 안에 간직할 수 있기 때문이다. 지나가는 귀여운 새끼 고양이, 해 질 녘 예쁜 노을, 남자친구의 웃긴 표정, 앞에 놓인 맛있는 음식, 좋은 영감이 되는 무언가, 또한 지금 이 순간의 나를 사진으로 남길 수 있다.

순간이라는 낱말을 생각하니 '찰나의 순간'이 떠올랐고, '결정적 순간'으로 설명할 수 있는 앙리 카르티에 브레송Henri Cartier Bresson이 떠올랐다. 학교에서 사진을 배울 때 다뤘던 사진작가다. 얼핏 기억나는 이미지는 자전거를 타고 지나가는 이의 찰나와 물웅덩이 위로 폴짝 뛰어넘는 사람의 순간이었다. 사진을 다시 보고 싶어서 검색하다 우연히 그의 사진 에세이 《영혼의 시선》 속 한 구절을 발견하게 되었다.

우리는 항시 구성에 관심을 갖고 있어야 한다. 그러나 사진을 찍는 순간 그것은 직관적일 수밖에 없다.

그는 찰나의 순간을 넘어 '결정적 순간'을 담기 위해 끊임없이 기다렸다. 우연히 나타나는 것들을 포착하지만, 결정적인 우연이 나타나는 순간을 기다렸다. 그는 항상 대기 중이었다. 아름다운 구성에서 나타나는 그 찰나가 그저 하루아침에 나오지는 않았을 것이다. 왠지 그는 매일 길거리를 돌아다니며 어떻게든 자신만의 프레

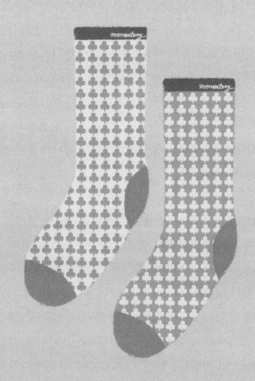

일상의 소중함을 더 소중히 기록하기 위해
신중히, 마음 다해 담자.
네잎클로버를 찾는 것처럼 신중하게!

임 안에 정지시켜 놓을 순간을 매일같이 상상하며 걸었을 것 같다.

　단 렌즈는 줌이 되지 않는다. 줌을 하고 싶다면 렌즈를 바꾸거나 발을 움직이는, 일명 '발줌'을 해야 한다. 신입생 때 교수님은 이 50mm 표준 단 렌즈로 발줌 연습을 하면 많이 성장할 것이라 말씀하셨다. 그리고 예전에는 디지털카메라가 없던 시절이라 필름 한 장 한 장을 정말 소중히 찍었다는 말도 덧붙이시곤 했다. 전공이 세세히 갈라질 시점에 나는 DSLR에 24-70mm 렌즈라는 사진학과의 기본 아이템을 갖추게 되었고, 점점 더 편하게 줌 링을 돌리고 보다 선명한 순간을 남길 수 있었다. 게다가 점점 더 쉽게 확대하며 엄청난 속도로 초점을 잡고 1초에도 찰나의 순간을 수십 번 포착할 수 있게 되었다.

　그래서인지 나의 갤러리에는 얼핏 보면 똑같아 보이는 사진, 왜 찍었는지 모르는 사진들이 넘쳐났다. 진정한 기다림과 관심에서 나타나는 사진이 아닌 그저 '행운'이 간혹 나타나길 바라며 셔터를 누르곤 했다. 편함에 익숙해져, 아니면 행운의 찰나에 기대 사진을 쉽게 대했던 건 아닐까? 어떤 순간을 만날 때마다 무턱대고 셔터를 누르는 것보다 조금 더 고민하고 생각하는 기다림을 거쳐 마음으로 담을 수 있다면 사진 한 장 한 장이 더 소중하게 다가오지 않을까? 그러다 보면 '결정적 순간'에 조금 더 가까워지지 않을까?

내 책상에 놓인 주황색 커팅 매트에는 잘린 종잇조각들이 널브러져 있다. 브랜드를 준비하며, 프린터를 사서 온갖 샘플을 출력해보고 있기 때문이다. 요즘은 엽서를 만들기 위한 샘플 테스트를 하고 있다. 엽서 하나를 만들 때도 어떤 비율과 크기가 좋을지, 여백은 얼마나 있는 게 좋을지 하루에도 수백 번은 고민한다. 나의 결정 장애로 인해, 나와 친한 사람들은 나의 질문 공격과 선택을 강요당하고 있다. 한번은 남자친구와 엄마에게 각각 새로 만든 샘플을 보여주며 어떤 게 좋은지 물었다. 남자친구는 지금 만든 것, 엄마는 예전에 만들어놓은 것이 좋다며 서로 다른 것을 선택했다. 큰일 났다. 결정 장애에 불을 지폈다. 나를 안심시키기 위해 남자친구와 엄마가 나 몰래 입을 맞춰 같은 의견을 내주면 좋겠다.

샘플 테스트 중 어떤 것에도 확신이 들지 않았다. 그건 직장생활을 했을 때도 마찬가지였다. 디자인 시안을 보여줄 때마다 "저는 이렇게 생각해서 이렇게 만들어보았습니다"라고 말했으면 좋았겠지만 "이건 어떠세요? 괜찮은가요?"라는 식으로 말하곤 했다. 어쩌면 다른 사람에게 책임을 넘겼던 것 같기도 하다. 나의 결정으로 인한 책임을 지기 싫어서였을까? 나는 선택과 책임을 회피했다. 그러다 문득 5년 뒤, 10년 뒤 나의 모습을 상상하게 되었다. 아마 사장이 되어서도 나의 디자인을 직원에게 컨펌받을 것 같다.

여전히 나는 혼자 결정하지 못하고 여러 도움을 받고 있다. 강

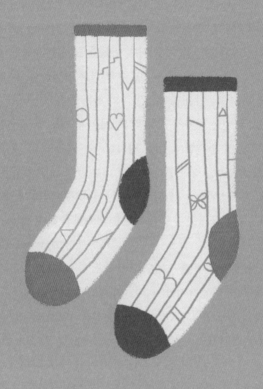

사다리를 타듯 가볍게 선택하는 연습을 하자.

의를 듣기도 하고, 누군가에게 의견을 묻고, 카페나 블로그, 유튜브의 도움을 받기도 한다. 그래도 결국 선택은 내가 하는 것이며 책임도 내가 져야 한다. 선택의 여정에 함께해준 이들이 있지만, 어느 방향으로 걸음을 내딛을지는 결국 내 선택에 달려 있다. 그 선택으로 인해 어떤 책임을 지게 될지라도 그것마저 배움이라 생각하자. 두리번거리기도 하고 가끔 뒤를 돌아보기도 하고 때론 길을 잘못 들 때도 있겠지만, 멈추지 말고 결정의 순간으로 나아가자.

077 배부른

온종일 배달된 음식을 가지러 가거나 화장실 가는 시간 빼고는 궁둥이를 떼지 않고 계속 책상 앞에 붙어 있었다. 점심은 시간이 없어서 생략하고 오후 4시 반이 넘어 친구가 시켜준 혼닭 세트혼자 먹는 버거 세트를 먹었다. 배달 온 음식을 책상에 펼쳐놓고 여유롭게 드라마를 보며 먹었다. 꿀맛이었다. 부드러운 닭 다리 살 버거, 시원한 콜라와 닭강정, 달콤한 소스에 버무려진 김떡순김밥, 떡볶이, 순대까지 먹으니 정말 행복했다. 드라마를 보는 내내 쉴 새 없이 입을 움직이며 치킨 한 조각만 남기고 다 먹어 치웠다.

그렇게 식사 중에도, 식사를 마치고도 계속 책상에 앉아 있었는데, 배가 불러서인지 졸음이 몰려오기 시작했다. 새벽에 아르바이트를 하고서 계속 모니터만 보고 있으니 피곤할 만도 했다. 딱 30분만 잘 생각으로 침대에 몸을 내던졌지만, 막상 누우니 잠이 오지 않았다. 멀뚱히 스마트폰만 보다가 배가 더부룩해서 계속 뒤척이기만 하다 일어났다.

시간이 지나도 더부룩함은 계속되었고, 빵빵해진 배는 불룩하게 산을 그리고 있었다. 뱃속에서 밀가루가 부풀기라도 하는지 팽팽하게 찼다. 풍선처럼 부푼 배가 펑! 터질 수도 있겠다는 생각도 들었다. 생각 없이 밀어 넣어서 배부른 행복이 아닌 배부른 고통에 시달리고 말았다. 배가 부른데도 김떡순, 햄버거, 닭강정을 다 밀어 넣은 과도한 욕심 때문에 몸이 무거워지고 둔해지고 배가 꽉 막

산처럼 부풀어 오른 배부른 곡선.

허버렸다. 빵빵하게 차버린 욕심을 소화하기 위해 몸부림이라도
쳐야 할 노릇이다. 휴. 다음부터는 뭐든지 욕심부리지 말고 나한테
맞는 만큼만 적당히 먹어야지.

나는 샤워할 때, 목욕하는 것처럼 뜨거운 물로 몸을 데우곤 한다. 그렇게 몸을 데우는 동안 앞에 보이는 샴푸 용기에 적힌 사용법이나 전 성분을 읽거나 샤워 커튼의 패턴을 멍하니 쳐다보기도 한다. 하루는 마치 뱀처럼 구불구불하고 자유자재로 움직이는 것이 눈에 들어왔다. 샤워기 호스였다. 샤워기 호스가 없었을 때는 어떻게 샤워를 했을까? 그러다 문득 샤워기가 없는 외할머니댁의 화장실이 생각났다. 커다란 대야에 파란색 소쿠리가 떠다닌다. 소쿠리로 작은 대야에 물을 퍼다 세수하고 양치하고 몸을 씻었다. 더 편리한 게 있다는 사실을 몰랐을 때는 불편한 줄 몰랐겠지만, 새로운 것을 알게 되면 이전 것이 불편해진다. 샤워기 덕분에 자유롭게, 물이 끊기지 않게 샤워를 할 수 있게 되었다.

이외에도 삶을 편리하게 만들어주는 디자인들이 있다. 욕실만 해도 세면대, 선반, 수건걸이, 휴지 걸이, 비누 거치대 등 익숙한 것들이 눈에 들어왔다. 내 방도 그렇다. 옷을 걸어두는 행거부터 바퀴 달린 의자, 모니터를 눈높이에서 볼 수 있는 노트북 거치대, 편하게 책을 볼 수 있는 독서대, 쓰레기를 모아둘 수 있는 조그만 휴지통, 수납이 모자란 작은 방에 딱 알맞은 수납 침대까지. 없어도 살아가는 데 큰 문제는 없지만, 조금 더 편리한 삶을 만들어주는 것들이 있다는 게 큰 의미로 다가왔다.

이런 점에 비추어보면 내가 하는 디자인은 예쁘게 보이려는 데

오늘의 영감이 되어준 샤워기 호스.

집중한 소심한 디자인이라 할 수 있다. 쓸모 있는 것보다는 예쁜 것만 생각했다. 실제로도 그런 소비를 했고, 실용성보다는 심미성이 중요했다. 하지만 예쁜 것에 대한 만족이 쓸모 있음의 만족보다 클 수는 없다. 이런저런 생각을 하다 보니 '예쁘기만 한 것이 과연 맞는 걸까? 아니면, 예쁜 걸 가까이 두면 내 삶이 아름다워지니 예쁜 것도 쓸모 있는 건가?'라는 두 가지 마음이 생겼다.

하지만 확실한 한 가지는, 나도 '있으면 조금 더 편리해지는' 디자인을 해보고 싶어졌다는 것이다. 지금은 아이디어도 없고, 새로운 모양과 기능을 만들어내는 디자인을 하는 게 쉽지 않지만, 언젠가 나도 더 나은 삶을 만드는 예쁘면서 쓸모 있는 디자인을 해보고 싶다.

대학 시절, 한 사물을 관찰하고 각기 다른 구도로 백 개의 사진을 찍어오는 과제가 있었다. 내가 찍어야 하는 사물은 자물쇠였다. 내 손보다 훨씬 조그만 자물쇠를 앞뒤, 위아래, 옆에서 살펴보았다. 또 잠가보기도 했다가 열어보기도 했다. 이 작은 사물을 이렇게 뚫어지게 쳐다본 적은 처음이었다. 자물쇠의 주름, 몸통과 고리의 다른 질감, 잠금을 풀 때 나는 묘한 진동과 소리까지 평생 볼 자물쇠를 그때 다 보았다. 사진학과에는 이런 과제가 유독 많았다. 찾아보고, 관찰하고, 담아보는 과제가 많았다. 또 한번은 동그라미를 찾아서 담아오는 과제가 있었다. 나는 집 안에 있는 동그라미를 수색했다. 가장 먼저 발견한 건 세탁기의 동그란 문이었고 방 손잡이, 열쇠 구멍, 벽에 박힌 못도 동그라미였다. 집 안은 동글동글 동그라미 천지였다.

지금 있는 카페에서도 동그라미를 찾기 위해 주변을 둘러봤다. 내 앞에 있는 소파에도 일정한 실선이 그어져 있는 교차점에 동그란 가죽이 박혀 있고, 내가 마시고 있는 아메리카노 컵도 위에서 보면 둥글다. 머리 위에 있는 핀 조명도, 글을 쓰고 있는 이 테이블도, 유리 쇼케이스 안에 든 베이글도, 커피숍 로고, 옆자리 언니의 올림머리도, 심지어 앞에 앉아 있는 사람 얼굴도 동그라미였다.

관찰은 무엇인가를 그저 바라보는 것과는 다르다. 뭔가를 깨닫거나 찾을 때까지 주시하는 것이 관찰이 아닐까? 이제껏 나는 관

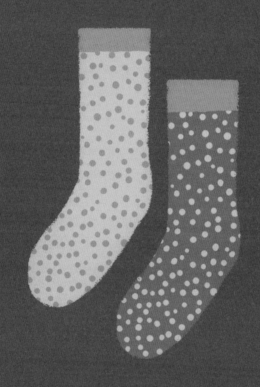

동그라미를 관찰하다 발견한 수많은 동그라미.
내가 있는 곳에 무엇이 있는지 유심히 관찰해보자.

찰이 아니라 지나가는 것을 그저 눈으로 담기만 했던 것 같다. 자물쇠를 백 개의 구도에서 살펴본 것처럼 생각하지 못한 단서나 깨달음을 얻을 때까지 관찰해보자. 기억에 남고 내 것이 되기까지 관찰한다면, 이전과는 전혀 다른 관점에서 그 대상을 바라볼 수 있게 되지 않을까?

독립된

대학교 4학년 때 아주 잠시 독립한 적이 있었다. 의도하지 않은 어쩌다 하게 된 독립이었다. 부모님의 회사 문제로 온 가족이 수원으로 이사를 해야 하는 상황이었는데, 언니는 프랑스 유학 중이었기에 학기가 남아 있는 나는 졸지에 혼자 자취를 할 수밖에 없었다.

나의 첫 자취방은 옛날 미용실을 개조한 집으로, 다른 곳보다 훨씬 저렴한 월세로 이곳에 살게 되었다. 원래 미용실이었던 터라, 대부분의 상점이 그렇듯 유리문을 열고 들어가야 했다. 유리문 틈새로 눈을 가져다 대면 안이 훤히 들여다보일 것만 같았다. 그 사이로 바람도 잘 들고 지나가는 사람들의 소리도 잘 들렸다. '툭' 치면 '똑' 하고 떨어져 나갈 것 같은 문을 열고 들어가면, 미용실의 흔적인지 한쪽 벽면에 거울이 길게 붙어 있었다. 그곳을 지나면 두 칸짜리 계단이 있고, 그 계단을 넘어서면 작은 방이 있다. 마치 옛날 슈퍼마켓처럼 "계산해주세요!"를 외치면 아주머니가 미닫이문을 열고 나오실 것 같은 딱 그런 구조였다.

집을 예쁘게 꾸몄다면 좀 다르게 느껴졌을 수도 있지만, 당시 나는 집을 꾸미거나 식사할 때 예쁘게 플레이팅을 하는 것에 딱히 관심이 없었다. 교생 실습으로 정신이 없었기 때문이다. 밥을 해 먹는 것조차 버거워 평소에는 햄, 계란, 김으로 대충 끼니를 때우기에 바빴고, 가끔 집 근처 작은 마트에서 제일 무게가 덜 나가는 삼겹살을 사서 구워 먹는 것이 큰 낙이었다. 가끔 친구가 놀러 오

색이 딱딱 독립된 양말.

면 치킨을 배달시켜 먹는 정도였다. 그리고 자취방은 집이라기엔 그저 잠자고 밥 먹는 공간일 뿐 그 이상의 의미가 없었다.

그래도 1년 남짓의 독립 덕분에 혼자 지내는 요령을 천천히 알게 되었다. 밥을 먹을 때면 그릇 하나에 밥부터 반찬까지 담아서 설거짓거리를 줄였다. 마트 타임 세일 시간을 알게 되었고, 쓰레기를 버리는 요일 등을 알게 되었다. 벌레라도 나오면 예전 같으면 무섭다고 소리 지르기 바빴지만, 이젠 무서워도 백성 아니 집을 지키는 맹랑한 장군이 되어 적을 처치하기도 했다.

아무런 준비 없이 맞이했던 독립은 조금 험난하기도 했지만, 내가 선택하고 책임지는 방법을 백분의 일 정도라도 알게 된 시간이었다. 브랜드를 시작하려고 준비하는 지금도 여전히 선택하는 게 어렵다. 하지만 첫 독립에서 점점 요령을 찾았던 것처럼 시행착오를 통해 선택에 과감해지고 그 책임을 담담히 짊어질 수 있는 베테랑이 될 수 있지 않을까?

지금 나는 브랜드를 만드는 일에 온 신경을 집중하고 있다. 책상에는 샘플들이 널브러져 있고 포털사이트 검색 기록에는 브랜드와 관련된 검색어들이 가득했다. 시간이 갈수록 힘이 잔뜩 들어갔다. 더 잘하고 싶어서, 더 좋은 아이디어를 찾고 싶어서, 다른 사람들과 나를 비교하면서 나는 자꾸 더 잘나고 특별해지고 싶었다. 하지만 나는 여전히 평범했다. 평범한 20대 후반의 삶을 살아가고 있었다. 이렇게 평범한 하루하루가 반복되는 일상을 살아가다 보니 《낱말의 양말》에 쓸만한 이야기가 떠오르지 않는다. 재미있고 특별한 글을 쓰고 싶은데, 지극히 평범한 나의 일상에는 그럴만한 소재가 없다.

오늘도 여느 때와 같이 평범한 하루를 보내고 있는데, 평소에도 강의나 도움이 되는 정보를 보내주는 남자친구에게서 링크 하나가 날아왔다. 이번에 보내준 것은 폴킴의 〈세바시〉 강연이었다. 강연을 들어보니 그는 작곡을 정식으로 배운 적도 없고, 천재적인 음악성이 있는 것도 아니었다고 한다. 그래서 곡을 쓰는 것만으로도 자존감이 낮아지기도 했지만, 끝까지 포기하지 않고 오랜 기간 작곡을 하며 자신의 작은 이야기에 귀 기울이며 덤덤히 그 이야기를 써 내려갔더니 〈비〉, 〈길〉이라는 노래가 되었다고 했다. 〈세바시〉에서 강연한다는 것 자체가 그에겐 성공인데 노래를 좋아하는 일, 즉 자기 일을 묵묵히 했던 것이 바로 성공할 수 있었던 이유인 것 같다고 했다.

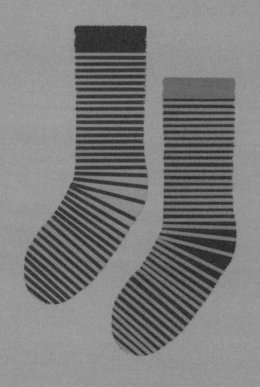

묵묵히 한 줄씩 그려나가자.

나는 수많은 사람 중 평범한 한 사람이다. 특별해져야 한다는 욕심을 버리자. 묵묵하고 덤덤하게, 내가 좋아하는 것을 만들어가는 사람이 되자. 그러다 보면 어느새 나만의 것을, 나만의 이야기를 가진 사람이 되어 있지 않을까?

문득 첫 직장에서 보낸 시간이 떠올랐다. 그 당시 메모장에 적어둔 '생각 노트' 폴더를 발견했기 때문이다. 잠금이 걸려 있는 폴더의 잠금을 풀어보았더니, 그 안엔 귀여운 투정도 있었고 새벽 감성 가득한 글도 있었지만, 첫 직장과 관련된 이야기가 제일 많았다.

당시 나는 회사에서 시키는 일만 하고, 그 외의 일을 찾아서 하는 사람은 아니었다. 열정도 없고, 그냥 하루하루를 살아가기에 바빴다. 그러다 보니 선배들에게 "생각 없이 일하지 마"라는 말을 종종 듣곤 했다. 나는 '생각'이라는 단어의 굴레에 빠져 헤어 나올 수 없었다. "생각 노트에 생각이 없는 내가 있다"라고 적어놓은 메모를 보면 어느 정도 그 말에 수긍했던 것도 같다. 그런데 "잘못된 점을 메모하고 반성하고 다시 잘해보려 노력하는데 이런 내가 정말 '생각'이 없는 걸까?" 하는 반문의 메모도 있었다. 다시 생각해보기로 했다. 나는 과연 '생각'하지 않았던 걸까?

그때의 생각과 지금의 생각을 조금 보태어 결론을 내렸다. 생각은 꿈으로부터 나온다고, 어떤 것을 이루고자 꿈을 꾸면 생각은 저절로 하게 된다고 말이다. 그때 내게 거창한 꿈까지는 아니더라도 일주일, 한 달 아니면 연례행사처럼 하는 신년 목표라도 있었다면 난 달라졌을까?

지금의 나는 생각이 너무 많다. 꿈도 많다. 꿈이 많아서 덩달아

꿈길에 핀 생각 꽃.

생각도 많아졌다. 예전에 나는 꿈이 없는 줄 알았다. 그런 내가 평소 툭툭 내뱉던 "나도 이런 거 해보고 싶어!" "나도 이런 거 만들어보고 싶어!"라는 작은 바람들이 모두 꿈이었던 것이다. 거창하고 뚜렷하지 않아도, 작고 막연해도 꿈일 수 있었다. 내 책 출간하기, 내 그림으로 양말 만들기, 나만의 굿즈 만들어서 판매하기, 제주도에서 1년 살아보기, 서핑 배우기, 개인전 하기, 신혼여행으로 세계여행 가기 등. '꿈 리스트' 페이지에는 나의 꿈이 가득 적혀 있다. 현실과 동떨어진 꿈도 간혹 있지만 이미 이룬 것도, 곧 이룰 수 있는 것도 있다.

꿈이 있으면 생각이 따라온다. 목표를 이루기 위해, 꿈을 꾸기위해, 왜 일을 해야 있는지, 어떻게 하면 더 잘 할 수 있는지, 앞으로 어떤 것을 해야 하고 무엇을 배워야 하는지, 언제 어떻게 이룰 수 있는지 등 수많은 생각이 꼬리를 물고 이어진다.

첫 직장에서 생각 없는 나를 질책하지 않고 내 꿈의 작은 불씨를 찾아준 누군가가 존재했다면 좋았겠지만, 지금이라도 꿈을 찾았으니 다행이다. 그리고 방금 꿈이 하나 더 생겼다. 꿈이 없는 사람에게 그것을 찾아주는 일.

아주 푹신한 소파에 궁둥이가 아닌 골반으로 지탱하듯 앉아 테이블을 내 몸쪽으로 아주 가깝게 붙인 채 다리를 꼬았다. 그리곤 노트북을 배와 테이블 사이에 기대 놓았다. 완벽한 귀찮음에서 나오는 아주 편한 자세였다. 마우스에 손을 뻗는 움직임조차 귀찮아 트랙 패드로 손가락만 조금씩 움직이며 작업을 하다가 결국 반수면 상태에 들어섰다. 이 상태로 얼마나 있었는지도 모르겠다. 계속 이 자세로 있다가는 허리가 남아나지 않을 게 틀림없었다. 그리고 또 졸음이 찾아올 것 같았다.

결국 자세를 바르게 고치기로 했다. 노트북을 테이블 위에 올려놓고 허리를 폈다. 왼손은 키보드, 오른손은 마우스로 가져갔다. 옷 안으로 들어간 머리카락을 꺼내어 정돈했다. 미지근하다 못해 약간 차가워진 아메리카노를 한 모금 마셨다. 꼬았던 다리를 풀어 두 발을 모두 땅바닥에 놓았다. 안경도 바르게 고쳐 쓰고 이어폰을 꺼내 들었다. 음악 앱을 실행하여 최신 노래를 전체 재생했더니 매일 듣던 노래가 아닌 낯선 신곡이 들려왔다. 흐트러짐을 정돈하고 자세만 바르게 했을 뿐이었는데, 무언가 다시 시작할 수 있을 것 같았다. 몸가짐을 올바르게 정돈하니 마음가짐까지 정리되었다. "내가 좋아하는 거 할 거야!"라고 작은 소리로 다짐했다. 그동안 끌어안고 있던 무거운 부담과 짐을 먼지 털어내듯 아무렇지 않게 훌훌 털어버린 느낌이었다.

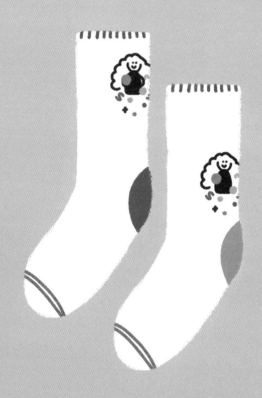

올바른 자세로 고쳐 앉자,
무거운 짐을 사소한 먼지처럼 훌훌 털어낼 수 있었다.

앞으로 이런 상황은 수도 없이 찾아올 텐데, 허리를 펴고 안경을 고쳐 쓰는 등 자세를 올바로 고쳐보자. 그것만으로도 기분이 나아지는 이상하고도 신비한 일이 일어날지도 모르니까.

끝날 것 같지 않은 길에도 결국 끝이 있다. 이 길 위에서는 처음부터 너무 빨리 달려서도 안 되고 적당한 속도를 유지하면서 앞으로 나아가야 한다. 달리다 보면 체온이 높아져 이마엔 땀이 흐르고, 발바닥에서는 통증이 느껴지기도 하지만 이상하게 기분이 나쁘지 않다. 끊임없이 이어지는 풍경을 마주하며, 시간에 따라 달라지는 하늘의 온도를 느낄 수 있기 때문이겠지. 나는 초보 마라토너로, 마라톤은 평생 운동이라고는 해본 적 없던 내가 제대로 시작한 첫 운동이었다. "완주만 하자"라는 마음으로 첫 마라톤에 도전했던 나는, 이 힘든 걸 다음에 또 할 일은 없을 거라고 생각했다. 하지만 달릴 때의 힘듦보다 뛰고 난 다음의 묘하고 두근거리는 기분이 더 크고 깊었기에, 정신을 차려보면 어느새 또 다른 마라톤에 도전하고 있었다.

　마라톤을 하다 보면 인형 탈을 쓴 사람, 유모차를 끌고 달리는 사람, 아이를 안고 달리는 사람, 연세가 지긋하신 할아버지, 어린아이와 청소년 등 다양한 사람들과 함께 달리게 된다. 같은 방향으로 달리고 있는 사람들의 모습과 서로를 응원해주는 목소리가 힘이 된다. 그렇게 달리다 보면 어느새 일정한 속도에 익숙해지는 순간이 온다. 얼마 가지 않아 힘든 순간이 찾아오기도 하지만 '조금만 더'라는 마음으로 포기하지 않고 달리다 보면 어느새 끝까지 달릴 수 있게 된다. 중간 지점으로 가면 물이나 이온 음료를 따라놓은 종이컵이 있다. 턱 끝까지 숨이 차오르던 마라토너들은 이곳에

긴 레이스를 함께 달리고 있는 두 사람.

서 단비를 만난다. 목마르다고 두 컵이나 마시면 옆구리가 터져버릴지도 모르기 때문에 딱 한 컵만 마시고 다시 출발한다. 물 한 컵으로 끝까지 달릴 수 있을 것 같은 힘이 솟아난다.

나를 포함한 수많은 사람이 같은 목적지를 향해 달리고 끝내 도착지에 다다른다. 나도 그 사람들 사이에서 마지막 힘을 끌어내 마침내 목적지에 도착한다. 완주하면 기념품으로 나눠주는 생수나 이온 음료, 생각 외로 진짜 맛있었던 미숫가루까지 벌컥벌컥 들이켠다. 사람들은 지금 이 순간을 기록하기 위해 메달을 목에 걸고 인증사진을 찍는다. 땀 때문에 앞머리가 엉겨 붙어 있고, 화장기 없는 모습이지만 그래도 괜찮았다. 짧은 시간 내 이루어낸 이 성취는 다른 행복과 비교할 수 없을 만큼 큰 행복이기에 기록하고 싶은 것이다. 마라톤 완주라는 작은 성공은 어쩐지 또 다른 레이스를 시작하게 하는 동력이 되어줄 것 같았다.

앞으로 내게는 마라톤 코스보다 훨씬 긴 인생의 여정이 남아 있고, 나는 어떻게든 그것을 완주해낼 것이다. 달리는 동안 같은 페이스로 보폭을 맞춰 함께 달리는 사람도, 같은 곳을 향해 달리는 사람도, 나보다 더 어려운 짐을 지고 달리는 사람도, 숨이 턱 끝까지 차오르는 순간도, 물 한 컵과도 같은 선물도 만나게 될 것이다. 그만두고 싶은 순간이 불쑥불쑥 찾아올 테지만 잠시 속도를 늦춰도 되고, 쉬어도 된다. 포기하지 않고 계속해서 앞으로 달리다 보면 어느새 결승선을 통과할 수 있을 것이다.

⓪⑧⑤ 갈증 나는

점심 겸 저녁으로 먹었던 찜닭이 짰나 보다. 목이 말라 냉장고를 열어보니 물도 없고, 마실 것이 하나도 없었다. 평소 같았으면 가족들에게 "올 때 물"이라고 메시지를 보냈겠지만, 가족들이 돌아올 때까지 기다릴 수 없을 정도로 목이 말랐다. 이사 온 후로 편의점에 가기 위해 집을 나선 적이 단 한 번도 없었지만, 오늘만큼은 편의점에 다녀오기로 했다. 엉클어진 올림머리를 더 단단히 묶고 잠옷 위에 패딩을 대충 걸쳤다. 그런데 웬걸, 집에 있는 마스크를 다 써버렸는지 남아 있는 것이 없었다. 하는 수 없이 예전에 잘못 주문한 어린이용 마스크의 끈을 최대한 늘여서 써보았지만, 쓰자마자 압박감이 몰려왔다. 이런 우여곡절 끝에 밖으로 나와보니, 어느새 어둑어둑해진 하늘과 차가운 공기를 마주할 수 있었다.

편의점에 가기 전까지는 온종일 집 안에만 있었다. 엊그제부터 36시간 넘게 깨어 있지만, 집 밖으로 나가지 않았다. 책상에 앉아서 온종일 허리와 무릎을 구부린 채 모니터만 보고 있었던 집 안은 답답했고, 해가 떴는지 아니면 중천에 있는지 저물어 가는지도 모른 채 시간을 흘려보냈다. 목마름이 아니었다면, 아직도 나가지 않았겠지. 하지만 다시 생각해보니 갈증의 원인이 찜닭만은 아니었던 것 같다. 답답함을 벗어버리고 싶은 마음이었을까? 밖에 있었던 시간은 단 10분도 되지 않지만, 그 잠깐의 시간 동안 볼과 목덜미 사이로 느껴지는 차가운 바람결과 어둑해진 하늘을 보고 걷는 것만으로 갈증이 해소되는 느낌이었다.

답답함과 갈증을 불러일으키는 촘촘한 선.

기록하는

글은 내 생각을 표현하고 기록할 수 있는 좋은 도구다. 단순한 경험뿐만 아니라 그로 인해 느낀 감정까지 세세히 기록할 수 있기에 생각을 정리하고 지나간 시간의 나를 들여다볼 수도 있다.

"그럼에도 나만 겪은 일을 당신에게 알리고, 당신이 겪은 일을 내가 알 길은 언어밖에 없다. 언어는 강철보다 견고한 인간의 생각과 마음을 두드려 금 가게 하고, 틈이 생기게 하고, 마침내 드나들 수 있는 길을 만들 수 있는 유일한 수단이다."

《어른의 어휘력》이란 책의 내용이다. 여기서 '언어'는 말과 글이라는 수단을 동시에 포함할 수 있지만, 나는 글에 더 가깝다고 생각한다. 말은 순식간에 지나가 버리기에 놓치기 쉽다. 음성이나 영상으로 기록될 수도 있어도, 틀어만 놓고 집중하지 않으면 흘러가 버리고 만다. 하지만 글은 오래도록 남게 되고, 집중해서 읽어야만 다음으로 넘어갈 수 있다. 멈춰 있기에 스스로 글을 읽어 내려가야 한다. 그렇기 때문에 좀 더 능동적으로 사람과 사람을 드나들게 하며, 지금의 나와 과거의 나 그리고 미래의 나와도 넘나들게 하는 것이 바로 글이지 않을까?

글을 쓰기 시작한 지 얼마 되지 않았지만 나는 글이 좋다. 무한히 내 생각을 늘어놓을 수 있어서, 다른 사람의 즉각적인 반응에 신경 쓰지 않고 오로지 나에게 집중할 수 있어서, 이전에 쓴 글로

또박또박 글씨를 적어 기록할 수 있는 줄 노트.

지금을 단단히 만들고 앞으로의 일을 세워나갈 수 있어서 좋다. 글을 쓰며 크고 작은 깨달음을 얻고 더 나은 나로 향해 가고 있다. 떠돌아다니는 생각이 어떤 단어와 문장으로 정리가 되니, 그걸 말로 내뱉는 것도 훨씬 편해졌다. 말로 하기 어려웠던 생각을 글로 전달할 수 있고, 반대로 글을 통해 다른 사람의 생각을 들을 수 있어서 좋다. 앞으로도 나와 타인의 마음에 드나들 수 있도록, 그리고 여러 시간의 나를 들여다볼 수 있도록 계속 글로 기록해야겠다.

⑧⑧⑦ 캄캄한

필름 카메라로 찍은 필름을 현상하려면 암실이나 암 백암실 주머니 속에서 해야 한다. 그 어떤 미세한 빛도 없는 완전한 암흑에서 말이다. 학교에는 필름을 현상할 수 있는 대형 암실이 있었는데, 문득 거기에서 다 같이 과제를 할 때의 일이 떠올랐다. 필름을 현상할 때는 필름 매거진 필름 카메라에 들어가는 필름의 껍데기과 현상 릴, 탱크를 내 손이 닿는 거리에 준비해두어야 한다. 매거진은 손에 꼭 쥐고 있는 게 좋다. 그렇지 않으면 필름을 찾기 힘들기 때문이다. 그리고 한 번 자리를 잡으면, 자리에서 움직이지 않는 게 좋다. 다른 곳으로 한 발 내딛는 순간 내 자리를 못 찾을 수도 있다. 그렇게 불이 꺼지면 매거진에서 필름을 분리해내야 한다. 필름을 다 빼고 나면, 매거진에 붙어 있는 끄트머리를 가위로 잘라야 한다. 그러고 나면 릴에 홈을 맞추고 필름에 지문이 묻지 않게 필름 양옆의 얇은 부분을 잡고 서로 붙지 않게 돌돌 말아야 하는데, 어두워 아무것도 보이지 않기에 손가락에 느껴지는 감각만 의지해야 한다. 눈으로 보는 감각, 시각을 꺼두어야만 오로지 손에 느껴지는 그 감각에만 집중할 수 있게 된다.

요즘 나는 잠들기 전, 어둠 속에서도 아이디어를 메모해두기 위해 항상 다이어리와 펜을 오른쪽 머리맡에 두고 침대에 눕는다. 잠들기 전 머릿속을 스치는 생각이 있으면 눈을 감은 채 손만 오른쪽으로 휘젓는다. 그리고 펜이 끼워져 있는 페이지를 펼친 뒤, 적당한 곳에 메모를 한다. 이 방법은 내가 생각했던 것보다 유용해서,

캄캄할 때 오롯이 집중할 수 있었던 내 손을 표현한 꽃 패턴.

지금까지 계속 이렇게 메모하고 있다.

　하나의 감각을 잠시 꺼두니 다른 감각에 오롯이 집중할 수 있었다. 눈을 감고 맛을 음미하거나 음악을 감상하듯이 나는 눈을 감고 손에 닿는 감각을 온전히 느꼈다. 실제론 보이지 않지만, 머릿속에는 다른 감각으로 느껴지는 장면이 생생히 그려졌다. 가끔은 이렇게 눈을 감고 이외의 감각에 집중해보는 건 어떨까? 제법 재미있고 신기한 경험을 할 수 있을지도 모른다.

처음 스와치원단 샘플를 떼러 동대문 시장에 간 날이었다. 이전 회사에서 펫 의류에 사용할 원단을 보러 간 것이었는데, 생전 처음 보는 광경에 잠시 다른 나라에 온 듯했다. 차곡차곡 짐을 실은 오토바이와 카트가 아슬아슬하게 오가는 모습에 베트남이 떠올랐다. 베트남을 가보진 않았지만, 베트남에 가면 딱 그런 느낌이 날 것 같았다. (아마도 오토바이가 많아서 그랬던 것 같다.) 그 혼잡한 상황 속에서 신기하게도 사람들은 요리조리 잘 지나갔다. 이곳에는 모든 재료가 있고, 혹여 없는 게 있어도 모두 만들어낼 수 있었다. 눈 앞에 펼쳐진 그 모습을 잊을 수 없었다.

　오늘은 납작한 시침 핀을 사기 위해 혼자서는 처음 동대문 시장에 다녀오게 되었다. 회사에서 대표님과 동료와 함께 갔을 때와 달리 많이 헤맸다. 문이 어찌나 많은지 문과 문 사이를 통과하면 순식간에 A동에서 B동, C동에서 D동이 되었다. 비슷한 가게들이 따닥따닥 붙어 있어 도통 내가 봤던 곳인지 아닌지 분간하기도 힘들었다. 사람들은 알아들을 수 없는 그들만의 암호로 얘기했다. 또 그들은 무척 분주해 보였다. 이른 시간이라 의자가 책상 위로 엎어져 있는 아무도 없는 카페나 한산한 시내와는 전혀 다른 분위기였다. 활발하게 움직였고 발걸음은 빨랐다. 누군가는 작업지시서와 원단을 번갈아보면서 꼼꼼히 살폈으며, 누군가는 같이 온 일행과 어떤 게 좋을지 상의하기도 한다. 또 누군가는 스마트폰을 보여주며 어떤 원단을 사용해야 할지 물어보기도 한다. 그들은 모두 자신

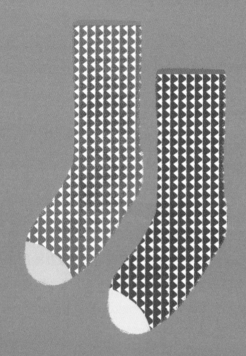

당당하고 또렷하게 걷는 그들이 나아가는 방향.

이 원하는 것을 정확하게 표현하고 있었다. 그 모습이 아주 또렷하고 생생해 보였다.

최근 며칠을 집에만 있었던 나는 매일 방에 앉아서 화면 속에 보이는 것에만 몰두했다. 하지만 아무리 밤새 검색을 해보아도 내가 상상한 것, 즉 내가 원하는 것을 실물로 만들어내는 일은 쉽지 않았다. 화면 속에 갇힌 내가 원하는 것을 만들기 위해 무엇을 어디서부터 어떻게 시작해야 하는지 알 수 없었다. 그렇게 헤매다가 만난 이 또렷한 세상은 흐리멍덩한 나한테는 너무 선명해서 조금 어지럽지만, 나 또한 이 생생한 삶을 살고 싶었다.

시침 핀을 사면서 매대에 있는 예쁜 배색 지퍼도 같이 살까 했는데, 뭘 만들 거냐고 묻는 사장님에게 (대충 언젠가 해보고 싶었던) 파우치를 만들고 싶다고 에둘러 말하고는 또 다른 질문을 받기 전에 얼른 그 자리를 빠져나왔다. 나의 흐리멍덩함을 들키고 싶지 않았다. 나중에 또다시 이곳을 올 때는 지금보다는 조금 더 선명해졌으면 좋겠다. 그들처럼 좁은 길 사이를 당당히 활보하며, 내가 원하는 것을 뚜렷하게 드러낼 수 있도록 말이다.

작은 고통에 무뎌졌다고 해야 할까? 마음의 상처를 입어도 이젠 제법 괜찮다. 요즘은 나쁜 일이나 기억에 남을만한 일이 생기면 단조로운 삶에 무늬가 생긴 것 같아, 되려 기분이 좋아지기도 한다. '이건 글로 써야지, 주제가 떠오르지 않았는데 마침 잘 되었다'라고 생각하기도 한다. 조금 이상해 보이지만 마음에 담아두는 것보단 훨씬 긍정적인 것 같다. 마치 영웅이 되기 위한 서사에 고통과 역경이 추가되는 것 같기도 하다. 성장하기 위한 하나의 장치라고 생각하니 기분이 조금 나아진다. 그리고 그걸 기록하면, 언젠가 쓰일 나의 이야기에 재미를 더해줄 수 있을 것만 같다.

패브릭 인쇄 업체를 찾기 위해 다시 찾은 동대문 시장에서 제일 처음 들어간 곳은 (광목천에 인쇄하고 싶다는 이유로) 광목천을 파는 가게였다. 그 집 주변을 세 바퀴쯤 돌고 난 뒤, 사장님에게 아주 소심하게 광목천에 인쇄하는 업체를 알고 계신지 물었다. 사장님은 귀찮은 듯 (사실 사장님은 그렇지 않으셨지만, 나 혼자 오버한 걸 수도 있지만) 돌아다니다 보면 있을 거라고 말씀하셨다. 그 말씀에 하는 수 없이 전날 밤에 동대문 시장 사이트에서 검색하다 원단, 디지털 프린트 카테고리에 있던 곳을 찾아갔다. 그리고 이번엔 원단에 디지털 인쇄가 되는지 여쭈어보았다. 사장님은 조금 어이없다는 눈빛으로 (이번에도 괜히 소심해진 내가 과장되게 느꼈을지도 모르지만) 고개만 절레절레하셨다. 주눅이 들어 가게에서 나와 주변을 둘러보다가, 방금 나온 가게의 간판을 다시 보게 되

O와 K. OK.

었다. 그 간판을 자세히 보니 헛웃음이 나왔다. 무작정 인터넷에서 찾은 상호와 번호만 보고 찾아갔던 그 가게는 이미 프린트된 원단을 파는 가게였다. 사장님의 태도에 약간의 상처를 받긴 했지만, 이 상황이 너무 웃겼다. 내가 생각해도 터무니가 없었다. 원단 가게에서 디지털 인쇄를 물어보는 똥멍청이는 나밖에 없었을 것이다. 그래도 나름 용기 내 질문을 했고, 적어도 원단 집에서는 인쇄할 수 없다는 아주 당연한 사실을 알게 되었다고 생각하니 나름 대견했다. 또 '오늘 일은 아무것도 몰랐던 애송이 시절 이야기로 쓰면 딱이겠군'이라 생각하니, 소심해지고 주눅 든 마음은 비교적 짧은 시간에 회복되었고, 집에 돌아가는 발걸음이 한결 가벼워졌다.

한참 즐겨본 드라마가 있다. 드라마를 볼 때마다 여주인공이 처한 상황이 나의 상황과 묘하게 비슷해 보였다. 여주인공이 '새로운' 것을 시작한다는 큰 틀에서 그녀는 나와 닮은 점이 있었다. 다만 나는 달미처럼 예쁘지도 않고, 조금 덜 열정적이며, 한지평 팀장처럼 과감하고 솔직한 피드백을 줄 수 있는 (잘생긴) 사람도, 무조건 달미 편이 되어주는 도산이와 같은 (손 큰) 친구도, 목표를 향해 함께 달려가는 사하와 철산이 그리고 용산이 같은 동료가 없다는 게 아주 다르지만, '새로움'이 가진 갈망과 불안은 나의 상황과 아주 비슷했다. 〈스타트업〉이라는 드라마였다.

새로운 시작은 예상할 수 없는 위험 요소로 인한 불안과 두려움을 동반한다. 평소 달미는 늘 씩씩하고 자신감이 넘치지만, 가끔 불안해한다. 중요한 피티를 앞두고, 신입사원이 그만두거나 중요한 파일이 있는 컴퓨터가 랜섬웨어에 걸리는 이런 상황들 속에 안절부절못한다. 하지만 달미는 그 상황을 재빠르게 극복한다. 계속 꿈틀거렸기 때문이다. 안될 것 같은 일에 도전하고 뛰어들어 어떻게든 해냈다. 그런 달미의 모습에 감정이입이 되어 덩달아 내가 성장하고 있다는 기분이 들기도 했다.

나는 여자 주인공이 역경을 이겨나가는 이야기가 담긴 드라마를 좋아한다. 고난을 만난 주인공이 힘들어하고 울면 따라서 울면서 "너는 언젠가 이겨낼 거고, 성공할 거고, 분명 행복할 거야"라고

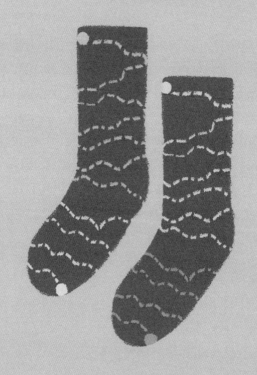

'새로움'이 갖는 갈망과 불안 속에서도
끝은 언제나 있다는 것을 보여주는 길.

남몰래 주인공을 달래준다. 그러고는 마침내 힘든 일을 당당히 해결하게 되면 마치 내가 그 일을 극복해낸 것처럼 기분이 좋아진다. 그러니 치열한 삶을 그린 이 드라마는 나에게 너무 잘 맞는 내용이었다. 아직 이야기가 남아 있는 이 드라마가 어떻게 끝날지 모르지만, 아마도 행복하게 마무리되지 않을까?

새로 시작하는 나의 이야기의 끝도 여느 드라마처럼 해피엔딩이었으면 좋겠다. 이제 막 시작한 나는 예상할 수 없는 엔딩으로, 늘 불안하고 초조하다. 내가 하고 있는 게 맞는지, 나의 가치는 어느 정도인지 생각을 해봐도 답이 나오지 않는다. 그래도 내 인생 또한 끝이 행복하게 정해져 있는 드라마라고 생각하고 나아가보자. 난관에 빠진 드라마 주인공이 결국엔 행복해졌듯, 내가 주인공인 내 인생의 드라마도 행복하게 끝날 거라고 믿고 "나는 언젠가 이겨낼 거고, 성공할 거고, 분명 행복할 거야!"라고 말해주자.

펀딩 제품을 촬영하는 날이었다. 예약한 시간보다 조금 늦게 스튜디오에 도착했다. 엄마 차를 빌려 타고 가기로 했는데 외출한 엄마 옷 주머니에 차 키가 있는지도 모르고 계속 찾았기 때문이었다. 하는 수 없이 남자친구에게 연락해 부랴부랴 출발했지만, 결국 제시간에 도착하지 못했다. 늦게 도착해서 부랴부랴 준비하고 촬영에 들어갔다. 이 스튜디오는 햇살 맛집으로 유명한 곳이었기에, 따사로운 채광을 기대하며 촬영에 들어갔는데, 바닥에 빼꼼 나와 있는 해가 전부였고 그마저도 점점 없어지더니 아예 사라져버렸다. 알고 보니 오후보다는 오전이 더 해가 잘 들며 오후에 드는 빛은 맞은편 큰 빌딩에 의해 점점 가려졌다. 내가 생각한 그림은 그림자가 사선으로 드리운 햇살 가득한 사진이었는데, 어둡고 밋밋한 사진을 찍게 되었다. 또 포스터 촬영을 위해 머릿속으로 그려본 대로 제품들을 배치해보았지만, 그 느낌이 나지 않았다. 거기에다 책상에 붙어 있는 전등은 자꾸 고개를 떨구다 결국 내 제품을 가려버리고 말았다. 마스킹 테이프로 벽에 붙인 엽서도 자꾸 떨어졌고, 기획한 촬영 스팟 중 한 곳은 너무 좁아 촬영할만한 거리가 나오지 않았다.

촬영을 앞두고 나름 철저히 계획하고 준비한다고 했지만, 내 마음대로 되는 건 하나도 없었다. 스튜디오 예약을 하며 해가 들어오는 시간뿐만 아니라 일주일 전부터 매일매일 날씨를 확인했다. 스튜디오 SNS에 올라온 사진과 그 스튜디오를 이용한 브랜드 사진

앞으로 만나게 될 수많은 변수.

을 참고해 촬영 스팟을 기획했다. 그런데 어째서 내 계획이 산산조각이 난 걸까?

　최선을 다해 애썼는데도, 내가 어떻게 할 수 없는 변수가 생겼다면 그건 내 탓이 아니겠지만, 다시 생각해보니 오늘 만난 변수는 내가 충분히 대처할 수 있었다. 사전에 스튜디오 답사를 왔었더라면, 스튜디오와 비슷한 공간에서 미리 촬영 연습을 해서 다양한 그림들을 그려놓았다면, 오늘 같은 일은 없었을지도 모른다. 하지만 난 머릿속으로만 그림을 그려놓고, 이대로 이루어지면 좋겠다는 바보 같은 생각만 하고 있었다. 그러니 앞으로는 오늘의 실수를 반복하지 않도록 철저히 준비하여 최대한 많은 그림을 그려보자. 그런데도 예상치 못한 상황을 만나게 되면, 다음 그림을 준비하는 밑그림으로 삼아보자.

언젠가 올빼미가 된 적이 있다. 아르바이트가 끝나고 집에 도착하면 이미 자정이 훌쩍 지나 있기에, 씻고 낮에 끝내지 못한 일을 하다 보면 새벽까지 책상에 앉아 있곤 했다. 빨리 끝내고 싶은 마음 때문이었다. 그러던 어느 날, 그날도 새벽까지 책상에 앉아 무언가를 하고 있었다. 캄캄했던 내 방 창이 서서히 밝아지고 고요한 아침을 깨우는 엄마의 알람 소리가 쩌렁쩌렁 울려 퍼졌다. 화장실에서 물 쓰는 소리, TV 뉴스 소리, 드라이기로 머리 말리는 소리 등 가족들의 전쟁 같은 출근 준비가 이어진다. 모두가 떠들썩한 그 시간에도 나는 꼼짝없이 책상에 앉아 있다.

하지만 책상에 앉아 있다고 해서 그 시간 내내 집중해서 일하는 것은 아니다. 집중하는 시간은 앉아 있는 시간의 절반도 되지 않는다. 한참 집중해서 일을 하다가도 갑자기 SNS에 들어가 새벽 감성이 가득한 게시물을 올리거나 다른 사람들의 피드에 뜬 게시물을 보느라 계속 스크롤을 내리고 있다. 꾸벅꾸벅 졸다가 제대로 일하지 못할 때도 많다. 그렇게 밤새 이어갔던 작업은, 나중에 다시 확인해보면 완전 엉망이었다.

빨리 끝내야 한다는 불안함 때문에 고개를 떨구고 머리를 빙빙 돌려가면서도 밤을 새우곤 한다. 결과는 뻔하다. 퀭한 눈 밑에는 시커먼 그림자가 드리우고, 잠이 부족해 종일 졸리고, 멍해서 실수도 잦다. 정해진 시간에 정해진 만큼의 일을 할 수 있도록 계획을

낮에 노트북을 열어 일하고, 밤에는 노트북을 닫자.

세우고, 계획한 대로 일하는 습관을 들여야겠다. 그러니 오늘부터는 더 이상 밤을 새우지 말고, 내일의 내가 집중할 수 있도록 이만 잠을 청해보자.

하늘, 햇살, 흙, 꽃, 바다, 모래, 풀, 나무를 좋아한다. 사람의 힘으로 만들어내지 않은, 있는 그대로의 자연을 좋아한다. 우리는 때로 세찬 바람과 오랜 파도의 들락거림으로 만들어지는 여러 과학적이고 지리적인 현상으로 자연을 설명하기도 한다. 나 또한 학교에서 배웠고, 지금도 그 자연 현상에 붙은 이름 몇 개를 기억하고 있다.

그러나 분명한 건 이런 이름만으로 자연의 아름다움을 다 설명할 수 없다는 것이다. 자연을 마주할 때 나는 그 특정한 이름이 떠오른다. 학교에서 배운 이론대로 이건 이렇게 해서 생겨나고, 저건 무엇 때문에 만들어진다는 설명이 떠오르기도 한다. 하지만 자연의 아름다움에 이입되는 감정이나, 자연으로 인해 감정이 변하는 그 신기한 현상을 이론으로 설명할 수는 없다. 자연을 가장 잘 알 수 있는 방법은 오로지 눈앞에 펼쳐진 광경을 보고 느끼는 수밖에 없다.

그래서 나는 여행을 할 때면 어떤 곳을 가든 꼭 자연을 감상할 수 있는 곳을 코스에 포함했다. 하지만 꼭 어느 관광지가 아니더라도 목적지를 향해 가는 길에서도 충분히 자연을 느낄 수 있었다. 또 여행뿐만 아니라 보통의 일상에서도 언제 어디서나 자연을 느낄 수 있다. 길가에 핀 감나무나 창밖의 흔들리는 나무를 바라보고, 캄캄한 밤하늘의 별을 세어보고, 살랑이는 바람을 느끼고, 모든 곳에 걸쳐 있는 맑은 하늘을 바라볼 수 있다면 그 어떤 곳에서

내가 느끼는 자연을 표현한 나뭇잎.

든 자연을 느낄 수 있다. 그리고 그 자연은 나와는 달랐다. 억지로 힘을 끌어내지 않았고, 열심히 발버둥 치며 어딘가로 나아가거나 벗어나려고도 하지 않았다. 가만히 있거나 그저 흘러가는 대로 흘러갔다.

바람에 흔들리는 나뭇잎을 바라보고 있으면, 세차게 몰아치는 바람에 사정없이 흔들리지만, 그 어떤 반항도 하지 않았고 바람에 몸을 실은 듯 아무렇게나 움직이는 것을 볼 수 있다. 자연의 힘에 순응하는 듯 보였고, 이내 떨어질 것을 아는지 오히려 리듬을 타는 것도 같았다. 내가 만난 자연은 순리대로 움직였다. 욕심 때문에 있는 힘껏 애를 쓰지도 않았고 흘러가는 대로 흘러갔다. 꿋꿋이 그리고 꾸준히.

우리나라 사람들은 "죽겠다"라는 말을 자주 한다. "배고파 죽겠다." "배불러 죽겠다." "더워 죽겠다." "추워 죽겠다." 등 그중 특히 기억에 남는 건 친구가 "흘러내려 죽겠다"라고 한 말이다. 백팩이 자꾸 흘러내린다는 말이었는데, 이런 상황에까지 죽겠다고 과장하는 것을 보니 참 이상하고 웃겼다. 사실 나는 이 표현이 그냥 쓰는 말인 줄 알았는데, 사전에서 '죽다'라는 단어를 찾아보면, 이 단어에는 '앞말이 뜻하는 느낌의 정도가 매우 심함을 나타내는 말'이라는 뜻이 있는 것을 알 수 있다.

나도 한 과장 하는데, 상처받고 싶지 않아 미리 부정적인 과장을 많이 하는 편이다. 기대에 실망하고 싶지 않은 방어적인 행동일 수도 있다. 마치 한두 수를 먼저 내다보는 것처럼 "난 절대 안 될 거야. 이걸 좋아하는 사람은 절대 없을 거야. 분명 떨어질 거야"라며 미리 실망에 대비한다. 있는 그대로 받아들이면 될 걸 상처받기 싫어서 나 자신을 과소평가한다.

부정적인 의미로 쓰이는 "죽겠다"라는 말을 들으면 기분이 썩 좋지만은 않다. 기왕이면 긍정적인 과장을 해보는 건 어떨까? 예를 들자면 "행복해 죽겠다." "기분 좋아 죽겠다." 같은 과장, 그리고 "나 빼고 다 잡곡밥이야!"라는 장도연 언니의 말 같은 그런 과장 말이다.

'과장된'이란 의미를 가진 단어 '붐바스틱'을 보고 떠올린 폭죽.
사실 이 표현도 과장일 수도.

며칠 전 남자친구와 함께 치킨을 먹으러 갔다. 남자친구에게 다음 일정이 있긴 했지만, 그래도 치킨을 먹고 갈 시간은 있을 것 같았다. 하지만 배달과 포장 주문이 있다는 걸 간과했다. 배달 주문 알림이 끊임없이 울렸고, 포장하러 온 손님들이 들락날락했다. 애꿎은 시계만 바라보기를 몇 차례 반복하다 보니 드디어 치킨이 나왔다. 김이 모락모락 피어나고, 맛있는 양념 냄새가 코를 찔렀다. 바삭한 튀김 옷에 적당한 윤기가 흐르는 치킨. 나가야 할 시간이 10분도 채 남지 않았지만, 치킨을 한 입 뜯었다. 바삭한 튀김 옷 사이로 야들야들한 살이 갈라져 나오면서 금세 뼈 하나를 발굴했다. 그렇게 두세 조각쯤 먹고 나니 시간이 다 되어 남은 치킨을 포장했다. 치킨과 콜라를 백팩 안에 넣고 버스에 올라탔다. 혹여 냄새라도 날까 조마조마한 마음에 가방을 품에 꼭 안고 집으로 향했다.

집에 도착하자마자 치킨을 먹기 위해 포장을 뜯어보니 아까 치킨 가게에서 본 비주얼과 너무도 다른 모습이었다. 매장에서 나오는 그릇과 포장 종이봉투의 느낌부터 달랐다. 양념이 덕지덕지 묻어 있는 봉투와 눅눅해 보이는 치킨, 집에 오는 동안 미지근해진 콜라는 내 식욕을 자극하지 못했다. 게다가 집에 오는 시간에 소화가 된 건지 애매하게 배가 불렀다. 결국 한두 조각 정도밖에 먹지 못했다. 음식을 가장 맛있게 먹을 수 있는 나의 시간과 음식이 가장 맛있는 시간이 어긋났다. 나의 행복한 배부름은 때가 맞았을 때 일어나는데 말이다.

가장 맛있는 음식의 골든타임.
김이 모락모락 피어오르는 모양을 표현한 불규칙한 선.

운전을 하다 보면 다양한 감정을 느끼게 된다. 어떻게 저기서 저렇게 가는지 무슨 생각으로 이런 곳에 주차하는지 이해할 수 없는 경우들이 있는데, 방향 지시등을 켜지 않고 차선 변경을 하는 건 기본이고 차차차를 하듯 아슬아슬하게 차 사이를 지나가거나 분노의 질주처럼 쏜살같이 지나가는 차도 있다. 도로에서는 이렇게 말도 안 되는 상황들이 벌어지기도 하지만 또 가끔은 마음이 따뜻해지는 순간을 만나기도 한다.

운전이 아직 미숙했던 때 제주도에서 차를 빌린 적이 있었다. 아빠가 당부했던 말을 기억하고, 먼저 자동차 외관을 한 바퀴 돌며 현재 차 상태를 사진으로 남긴 뒤, 운전석에 앉아 백미러와 사이드 미러를 나에게 맞게 조절했다. 심호흡을 한차례 하고서 와이퍼가 괜찮은지 블루투스는 잘 되는지 등을 확인했다. 우리 집 차와는 달리 액셀을 조금만 밟아도 슝 나가버리는 아주 좋은 차를 몰다 보니 너무 무서웠지만, 어느새 익숙해졌다. 하지만 이내 난관에 봉착했다. 거짓말 하나도 보태지 않고 진짜 앞이 보이지 않았다. 안개가 온 도로를 덮어버린 것이다. 속도를 낮추고 계속 앞으로 갔다. 아무것도 보이지 않는 상태에서 앞으로 계속 갈 때쯤 깜박이는 불빛이 보였다. 자기 차가 여기 있으니, 조심하라는 깜박임이었다. 그 불빛이 정말 반가웠다. 우리는 살았다며 그 앞차의 빛만 쫓아갔다.

또 한번은 아빠가 운전하는 차를 타고 가다 고속도로에서 빠른

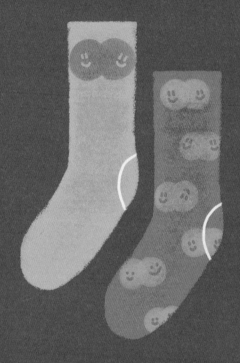

양쪽으로 나란히 있는 두 개의 불빛은
다양한 곳을 마주하며 빛나고 있다.

속도로 달리나가 갑자기 속도를 줄여야 하는 광경을 목격한 적이 있다. 갑자기 줄어든 속도에 앞에 있는 차들이 일제히 비상등을 깜박이며 앞의 상황을 알렸다. 아빠 또한 당연한 듯 따라서 비상등을 깜박였다. 아빠는 늘 있는 익숙한 일인 듯 아무렇지 않아 했지만, 나는 모두가 똑같은 신호를 보내는 그 모습이 낯설고 신비로웠다.

운전을 계속하다 보면 이런 일에 익숙해지겠지만, 아직은 당연한 이 작은 배려가 따뜻하게 느껴졌다. 손가락으로 누르기만 하면되는, 이 간단한 깜박임으로 최소한의 인간다운 배려를 전할 수 있다는 사실이 따뜻하게 다가왔다.

내가 한때 좋아했던 남자에게서는 달콤하면서 포근한 향이 났다. 그의 향은 자연스레 내가 좋아하는 향이 되었는데, 섬유 유연제 향이라 그런지 곳곳에서 그 향을 맡을 수 있었다. 그 향에 익숙해진 나는 그 이후로도 꽤 오래 그 향을 좋아했지만, 향수에 큰 관심은 없었다.

그런 내가 향수에 관심을 갖게 된 일이 있다. 언젠가 친구가 뿌리고 온 향수의 향이 좋아 킁킁거렸는데, 알고 보니 친구 어머니가 홈쇼핑에서 사신 해외 향수 꾸러미 중 하나를 친구가 뿌리고 온 것이었다. 그 친구의 옷에서 퍼지는 그 달콤하고 상큼한 향에 반해 계속해서 킁킁거렸다. 그러다 친구 집에서 하루 자게 되었을 때, 다음날 친구가 내 옷에 그 향수를 뿌려줬다. 나한테 그 향이 나니 정말 행복했다. 추운 겨울이었지만, 벌써 봄이 내 몸속에 퍼진 느낌이었다. 탑, 미들, 베이스가 뭔지는 몰라도 샴푸 향같이 은은하고 달콤해서 정말 사랑스러운 향이었다. 이후 그 향수는 내 인생향수가 되어버렸고, 그 향수를 사용한 지도 벌써 4년 정도 되었다. 한국에서는 구할 수 없어서 직구로 구매해 특별한 날에 한 번씩 사용하곤 한다. 이 향수를 뿌린 날, 사람들이 향이 좋다고 말해주면 괜히 기분이 좋고, 뿌듯하기까지 하다. 나한테서 풍기는 향이 너무 좋아서, 다른 사람들은 잘 모르는 나만의 향수를 가진 것 같아 특별해진 느낌이 들고 자신감이 차오른다.

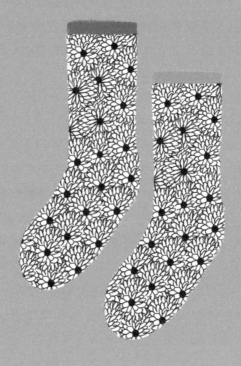

향기로운 꽃 향이 가득한 꽃 패턴.

이 느낌은 마치 마음에 쏙 드는 새 옷을 입고 외출할 때의 설렘과도 같다. 좋아하는 향수를 갖는다는 건, 자신감을 차오르게 하기도 하고, 조금은 특별해진 느낌도 생기게 한다. 향수가 아니더라도 나만의 설렘과 자신감을 갖게 할 무언가를 갖는 건 꽤 좋은 일인 것 같다.

우유 배달을 한 지도 꽤 오래되었다. 무거운 아이스팩까지 끙끙 싸매고 다녔던 무더운 여름부터 바깥 공기가 도리어 냉장고 같아져 버린 겨울까지 이어졌다. 사정이 있어 우유 배달을 그만두려고 마음먹었지만, 후임자를 쉽게 찾을 수가 없었다. 구인·구직 사이트에 공고를 올린 지 거의 한 달 만에 겨우 후임자가 나타났다. 우린 마지막 날을 기념하기 위해 우유 상자 앞에서 인증 사진까지 남기고 괜히 뭉클한 마음으로 후임자를 기다리고 있었는데, 만나기로 약속한 시각이 지났는데도 아무 연락도 없이 나타나지 않았다. 인수인계를 하고 집에 가려던 계획이 무산되었다. 이미 마음이 떠버린 상태로 일을 하려니 발이 도통 떨어지지 않았다.

그렇게 무거운 몸을 끈끈이 끌고 나와 우유를 싣고 배달해야 할 곳으로 향했다. 평소에 하던 대로 남자친구와 나는 각자 맡은 동을 돌고 난 뒤 중간에서 만나 남은 동을 함께 돌았다. 함께 걷는 그 잠깐의 시간이 아주 달콤한 휴식 시간 같았다. 그 짧은 거리에서는 유독 별이 잘 보였다. 그때 남자친구가 생전 본 적도 없고 어떻게 생겼는지도 몰랐던 오리온자리를 알려주었다. 네 점 사이에 세 개의 점이 콕콕콕 박혀 있는 모양이었다. 군대에서 자주 봤다던 그 모양은 다른 희미한 별들과는 달리 유독 또렷했다. 얼어붙은 손으로 스마트폰을 쥐고서 하늘과 별을 담으려 애썼다. 춥고 피곤해서 얼른 끝내고 집에 가고 싶었지만, 그 선명하고 낭랑한 빛을 보니 잠시 울적한 기분을 숨겨둘 수 있었다. 반짝반짝한 별이 참 고마웠

아파트 사이로 보이는 오리온자리.
잠깐의 쉼표가 되어준 고마운 별.

다. 그 후로도 배달 중에 그 길을 지날 때면 항상 하늘을 올려다보곤 했다. 오늘도 오리온을 만날 수 있을지 기대하면서 말이다. 일하다 말고 하늘을 올려다보았던 그 잠깐의 순간은, 모두가 잠든 이 시간 깨어 일하고 있는 나에게 찾아온 쉼표였을지도 모르겠다.

"더 나은 아름다움을 깨닫는 마음의 작용." 내 블로그 소개 문장이다. 블로그 이름인 'morlike'는 '더 낫다'라는 뜻을 담은 'more like'를 합쳐서 지은 이름이다. 더 좋아한다는 의미도 함께 있어서 마음에 들었다. 블로그 이름과 소개 문장은 내 이름인 '다혜'의 뜻에서 나오게 되었다. 흔히 많을 '다'多라고 알려진 이 한자어는 '더 낫다, 더 좋다, 뛰어나다, 아름답게 여기다'라는 뜻을 품고 있었다. 지혜 '혜'慧에는 '슬기롭다' 외에도 '깨달음'이란 뜻도 숨겨져 있었다. 내 이름의 한자어에 이런 많은 의미가 담긴 줄 몰랐다. 다들 한번 찾아보는 것도 재미있겠다. 나처럼 의외의 발견을 하게 될지도 모른다. 이렇게 찾은 '더 낫다'와 '아름답게 여기다' 그리고 '깨달음'을 내 가치와 잘 버무려 한 문장으로 만들어냈다. "더 나은 아름다움을 깨닫는 마음의 작용." 그리고 이 문장은 지금 하고 있는 일, 했던 일, 그리고 하고 싶은 일에 녹여져 있다. 계속해서 더 나은 아름다움을 깨닫기 위해 도전과 시도를 반복하고, 그 속에서 크고 작은 깨달음을 얻고, 덕분에 지난날보다 더 나아지고 토닥일 수 있게 되었다.

《낱말의 양말》을 쓰기 시작한 건 2021년 9월, 블로그를 시작하게 된 건 2020년 여름이었다. 글을 쓰기 전의 나와 지금의 나를 비교해보면, 나는 이전보다 멀리 나아왔고 더 멀리 나아갈 수 있는 사람이 되었다.

더 나은 아름다움을 가진 내가 되기 위해
계속해서 도전하는 나의 길이 꽃길이길.

사실 극적으로 변한 건 없다. 단지 '묵묵히' '조금 더'의 차이였다. 여러 강의를 들었고, 룩북 촬영에 도전해보았으며, 우유 배달에 뛰어들기도 했고, 독서 모임을 통해 그간 읽지 못했던 책도 읽고, 100일 글쓰기 프로젝트와 크라우드 펀딩까지 도전했다. 지금까지 전혀 해보지 못했던 일들을 일 년이라는 짧은 시간 안에 이루어냈다. 물론 이 일들을 모두 완벽하게 끝낸 것은 아니다. 흐지부지 끝난 것도 있고, 깊숙이 파고들지 못한 것도 있다. 하지만 시도 자체만으로도 귀중한 경험이 되었고, 더 나은 아름다움이 무엇인지 깨닫게 되는 동기가 되었다. 소심하고 부끄러움이 많은 내가 평생 하지 못할 거라 손사래 쳤던 프랜차이즈 카페 아르바이트를 지원할 수 있었던 것도 다 그 때문이다.

앞으로 어떤 선택을 하게 될지는 하나도 알 수 없지만, 늘 지금처럼 더 나은 가치를 바라보고 도전하고 깨닫는 작용을 반복하다 보면 분명 더 나은 아름다움을 가진 내가 되어 있을 거란 사실은 확실하다.

며칠 밤을 지새우며 크라우드 펀딩에 올라갈 스토리 제작을 끝냈다. 이제 심사 승인만 떨어지면 내가 만든 제품이 세상에 알려진다. 완벽한 결과물이 아니라서 공개하는 게 부끄럽고 아쉬운 마음도 가득하다. 긴장도 되고 설레기도 한다. 그런데 이 아쉬움과 설렘 속에 '마감'이라는 단어로 나의 긴장은 우수수 풀려버렸다. 며칠을 집에 틀어박혀 책상에서 하루하루를 마음 졸이며 살았는데 지금은 침대에서 일어나기가 어려웠고, 자꾸 다른 곳에 시선이 가 집중하기 어려워졌다.

그러다 며칠 전 내가 좋아하는 한 언니랑 메신저로 연락을 했다. 언니는 독립 출판을 먼저 도전해본 선배이기도 하다. 우리는 새로운 시작을 서로 응원해주는 관계이다. 나는 언니에게 "이제 다 제출했고, 마음이 조금 편해졌다"라고 말했다. 이에 언니는 "1차는 끝났고, 이제는 실전이네!"라며 격려해주었다. 그 말에 나는 아차 싶었다. 마치 다 끝난 것처럼 모든 긴장을 풀고, 그동안 쌓아왔던 모든 귀찮음과 피곤함을 한꺼번에 방출해버리고 말았는데, 마감은 끝이 아니라 시작이었다.

인피니티 기호를 생각해보자. 물결을 아래위로 두 번 돌리고 나면 원점으로 돌아온다. 끝과 시작은 연결되어 있고, 결국 끝은 없다. 우리의 삶도 마찬가지 아닐까? 우리는 살면서 수많은 끝과 시작을 반복한다. 퇴사하는 순간은 또 다른 삶으로 나아가기 위한 시

끝이 곧 시작이라는 것을 표현한 끝없는 선.

작이고, 면접에서 떨어신 속상한 그 순간도 나와 더 맞는 회사로 갈 수 있는 길의 시작이 된다. 뭔가 끝난다고 해도 원점으로 돌아가 다시 출발하면 된다. 나도 스토리 제작 마감이라는 잠깐의 끝이 있었지만, 그 뒤에는 진짜 시작이 기다리고 있었다. 끝은 곧 시작이었다. 마감의 끝에서 새로운 시작을 맞이하며, 그 끝이 나쁘더라도 다시 시작하면 된다는 것을 깨달았다. 무엇인가를 마무리한 뒤에도 다 끝냈다는 안도감 혹은 다 끝났다는 불안감에도, 또 다른 시작이 기다리고 있다는 사실을 잊지 말자.

에필로그

/

시간이 지나 《낱말의 양말》을 썼던 스물여덟을 들여다보니,
그때 했던 생각과 고민이 이제는 사소한 해프닝처럼 느껴진다.
하지만 온전히 그것에 대해 고민하고 치열하게 애썼던 모습을 보니
그래도 그 시간을 충실하게 보냈던 것 같아 기쁘다.

엉성하고 투박하지만, 이 기록이 나를 성장하게 했다.
도전했던 크라우드 펀딩은 지인들의 도움으로 성공적으로 끝났다.
우유 배달을 그만두고 지원했던 프랜차이즈 카페가 아닌
패스트푸드점에서 1년간 일하게 되었고,
지금 나는 새로운 회사에서 일하는 중이다.

여전히 남자친구는 강연 링크를 보내주고 있고,

나는 예전보다 더 양말을 좋아하게 되어

서랍에는 양말이 더 빼곡히 채워지고 있다.

그때와 달라진 게 있다면 주변 환경뿐이다.

아차, 남자친구가 아니라 이제 남편이다.

지금도 똑같이 겪어야 하는 고단함이 있고, 고민도 있다.

하지만 《낱말의 양말》을 썼던 그때처럼

일상에서의 크고 작은 깨달음이 쌓이고 쌓여

더 나은 내가 될 것은 분명하다.

어떤 때의 나라도.

일상에서 발견한 낱말과 이야기를 담은 양말 일기

낱말의 양말

초판 1쇄 발행 2023년 11월 22일

지은이   이다혜
펴낸이   김경희
편 집   강수지
디자인   정나영

펴낸곳   컨셉진
출판등록   2016년 2월 1일 제 2016-000032호
주 소   서울시 마포구 성지길25, 보광빌딩 4층
홈페이지   www.missioncamp.kr
메일   contact@conceptzine.co.kr

저작권자   컨셉진
ISBN   979-11-976710-2-9